Antje Szillat

Drei Pferdefreundinnen
Filmpferd in Not

Antje Szillat ist freie Autorin und hat zahlreiche Bücher für Kinder, Jugendliche und junge Erwachsene veröffentlicht. Sie ist selbst seit ihrer Kindheit eine versierte Reiterin und verbringt wie ihre Protagonistinnen viel Zeit mit ihren zwei Pferden. Auch ihre Töchter sind mit Pferden groß geworden. Antje Szillat begleitet sie regelmäßig zu zahlreichen Turnieren.

Antje Szillat

Drei Pferdefreundinnen

Filmpferd in Not

dtv

Ausführliche Informationen über
unsere Autoren und Bücher
www.dtv.de

Von Antje Szillat sind bei dtv junior außerdem lieferbar:
Flätscher – Die Sache stinkt! (Band 1)
Flätscher – Krawall im Kanal (Band 2)
Flätscher – Mit Spürnase und Stinkkanone (Band 3)
Flätscher – Schurken voraus! (Band 4)
Mein Flätscher Freundebuch
Die Tiefen deines Herzens

FSC www.fsc.org
MIX
Papier aus verantwortungsvollen Quellen
FSC® C014496

Originalausgabe

Dieses Werk wurde vermittelt durch die
Literarische Agentur Thomas Schlück GmbH, 30161 Hannover
Umschlaggestaltung: Carolin Liepins
Gesetzt aus der Charlotte 13,3/17˙
Satz: Fotosatz Amann, Memmingen
Druck und Bindung: GGP Media GmbH, Pößneck
Gedruckt auf säurefreiem, chlorfrei gebleichtem Papier
Printed in Germany · ISBN 978-3-423-76225-0

Prolog

Panisches Wiehern durchbrach die eben noch so friedliche Idylle des Reitplatzes, übertönte das fröhliche Gezwitscher der Vögel in den Bäumen.

Die beiden Mädchen am Rande des Vierecks starrten erschrocken auf das Pferd, das sich kerzengerade aufgebäumt hatte. Ein dunkelhaariger Junge stand in der Mitte des Platzes, hielt krampfhaft den Strick in seinen Händen, während er versuchte, den Hufen des steigenden Pferdes auszuweichen.

»Das geht nicht mehr lange gut«, rief eines der Mädchen. »Er ist völlig durchgedreht. Komplett verrückt geworden …«

»Ich hole Hilfe«, gab das andere entschlossen zurück und rannte los.

In diesem Moment wurde irgendwo weiter unten

ein Traktor gestartet. Auf einem Gestüt ein alltägliches Geräusch, doch für das hysterische Pferd ein Laut zu viel. Es schlug mit dem Kopf, bäumte sich erneut auf, um sich anschließend mit aller Gewalt zur Seite zu werfen, sodass dem Jungen der Strick aus den Händen gerissen wurde. Dann preschte es los.

»Pass auf!«, schrie der Junge dem Mädchen auf dem Reitplatz zu. »Er rennt dich um!«

Doch es war unfähig, sich zu bewegen, war wie gelähmt.

Der Zusammenprall war so gewaltig, dass es das Mädchen von den Beinen riss. Noch bevor es mit dem Hinterkopf auf den harten Boden aufschlug, hatte es das Bewusstsein verloren.

Kapitel 1

Kata verlagerte ihr Gewicht nach vorne und beugte sich tief über den Hals ihres Wallachs Flying Dutchman. Leichtfüßig flog der Hellbraune über den Baumstamm am Rande der Nordkoppel, setzte mit den Vorderhufen auf dem weichen Lehmboden auf und warf die Hinterhand noch ein paar Zentimeter höher.

»Unglaublich, Kata! Fly springt über die Birke wie über einen M-Oxer. So viel verschwendete Energie!«, rief Nelly ihrer Freundin begeistert zu.

Atemlos parierte Kata den Wallach zum Trab durch und brachte ihn schließlich vor Nelly zum Stehen.

»Ja, Fly ist wirklich unglaublich«, schwärmte sie glücklich. »Ich habe ein echt gutes Gefühl für das nächste Turnier.« Schwungvoll warf sie ihr rechtes Bein über den Sattel, sprang ins Gras und zog sich den Reithelm von den rotblonden Haaren. Kata atmete tief ein. Sie schloss die Augen und genoss den Duft von frisch gemähtem Gras und feuchter Erde. »So ein früher Morgen auf dem Hof bei den Pferden ist einfach nur herrlich.«

»Es gibt nichts Besseres«, fand auch Nelly.

Abgesehen davon, dass Katas sonst so ordentlich frisierte glatte Haare heute in einen strubbeligen Dutt geknotet waren, zeugte nichts davon, dass sie mal wieder eine schlaflose Nacht hinter sich hatte.

»Ich habe ja eigentlich nicht damit gerechnet, dass du es heute so früh auf den Hof schaffst, du Schlafmütze«, lachte Nelly und zwinkerte Kata verschwörerisch zu.

»Ehrlicherweise wäre ich viel lieber in meinem kuscheligen Bett geblieben«, gab Kata grinsend zurück. »Aber wenn ich mir etwas vorgenommen habe, dann halte ich mich auch daran.«

»Stellt sich nur die Frage, von welchem Vorhaben du sprichst, Katalein«, stichelte Nelly. »Vom frühmorgendlichen Reiten oder davon, auf einen gewissen Jemand zu treffen?!«

»Blödsinn, du redest mal wieder den totalen Blödsinn.« Kata winkte gespielt empört ab. »Du weißt genau, was ich damit meine.«

»Schon gut, lass dich von mir nicht ärgern. Und du hast ja recht, meine alte Lady ist auch froh, wenn ich sie nicht in der Mittagshitze quäle.« Nellys Blick schweifte zur gegenüberliegenden Koppel, auf der anderen Seite der langen Allee, die von dem Gelände der Dreamland-FilmStudios zum Gestüt Casparon hinaufführte. Dort graste ihre Fuchsstute mit einigen anderen Senioren.

»Ich werde Showgirl jetzt gleich reinholen. Ansgar wollte uns vor dem Wochenende noch eine Gratisstunde oben auf dem Platz geben«, fuhr Nelly fort und legte die Hand vor ihre braunen Augen, um die Tiere auf der Koppel im blendenden Licht der Sonne besser erkennen zu können.

An einem Tag wie diesem hätte es wirklich nirgendwo schöner sein können. In den Weiden hing um diese Zeit noch immer der Frühnebel und das Sonnenlicht malte glitzernde Regenbogen in die Blumenwiesen. Die feuchte Luft hatte sich mit den Düften des nahe liegenden Forsts aufgeladen. Es roch nach Waldmeister, leicht modernden Blättern und Beeren. Bis auf das beruhigende Schnauben der Pferde und ab und an ein Wiehern lag eine tiefe Stille über dem Anwesen.

Kata zog Flys Steigbügel hoch und schob dem Wallach sein wohlverdientes Leckerli zwischen das Gebiss. Der Braune kaute zufrieden und nickte mit dem Kopf.

»Hör gut zu, mein Freund, dort, wo das herkommt,

gibt es davon noch viel mehr für dich. Du musst beim Turnier nur schön brav sein und die Sache ist geritzt«, erklärte Kata ihm. Ihr Shirt war trotz der frischen Morgenluft bereits verschwitzt und ihre cognacbraunen Schnürstiefel rieben an der feuchten Reithose.

»Kein Tag für warme Reitklamotten«, kommentierte Nelly und öffnete ihrer Freundin das Gatter der Nordkoppel, auf der sich die weitläufige Geländestrecke befand. Gemeinsam liefen die Mädchen zur Auffahrt hinüber und machten sich daran, den Weg bis zum Stallgebäude und der Reithalle hinüberzugehen.

Als sie die Hälfte der Strecke hinter sich hatten, vernahmen sie auf einmal ein angestrengtes Keuchen. Die Freundinnen blieben stehen und sahen sich erstaunt um.

Nicht weit entfernt quälte sich ein ihnen unbekanntes blond gelocktes Mädchen auf einem klapprigen Hollandrad die Auffahrt hinauf. Doch das war nicht mal das Merkwürdigste – selbst wenn man bedachte, dass es auf dem Gestüt Casparon, einer der exklusivsten Reitanlagen der Großstadt, nur selten zu unbekanntem Besuch kam. Nein, das wirklich Verwunderliche war die Aufmachung des Mädchens. Seine wilde Lockenmähne fiel ihm bis zu den Ellbogen über die Schultern. Es steckte in einer löchrigen Jeans, die viel zu weit war, sodass sie ihm regelrecht um die schmale Taille und die fast schon storchenhaften Beine schlackerte. Dazu hatte es ein langärmeliges dunkelblaues Shirt gewählt, unter dem es unglaublich schwitzen musste, denn das herzförmige Gesicht des Mädchens war tomatenrot angelaufen.

Kata und Nelly starrten es unverhohlen an und bewegten sich erst wieder von der Stelle, als das Mädchen fast in sie hineinfuhr. Im letzten Moment schaute es auf und war dann so überrascht, dass es einen spitzen Schrei ausstieß, mitsamt seinem Rad zur Seite kippte und neben Fly im feuchten Gras landete.

»Verdammt, nein, verdammt noch mal. Ich fasse es einfach nicht«, fluchte es, während es versuchte, unter seinem Rad hervorzukrabbeln. »Das darf doch alles nicht wahr sein. Warum muss nur immer mir so was passieren?!«

»Warte, ich helfe dir!«, rief Nelly. Mit zwei Schritten war sie bei dem Mädchen und zog das Rad zur Seite.

Kata führte unterdessen Fly im Kreis herum. Der Wallach war zwar ein erfolgreiches Vielseitigkeitspferd, das völlig unerschrocken über jedes noch so gruselige Naturhindernis sprang, doch ein umfallendes Fahrrad ließ ihn zum schnaufenden und auf der Stelle herumtänzelnden Nervenbündel werden. »Fly, jetzt beruhig dich mal. Ganz ruuuhig, mein Junge«, redete Kata mit sanfter Stimme auf ihn ein.

Nelly half dem Mädchen wieder auf die Beine.

»Ähm … sorry, wir wollten dich bestimmt nicht erschrecken«, sagte sie.

»Nein, ich meine, nein, ihr müsst euch doch nicht bei mir entschuldigen.« Hektisch strich es sich eine lange gelockte Haarsträhne aus der verschwitzten Stirn. »Ich hätte besser hinsehen müssen. Jetzt ist meine Hose am Knie ganz grün, und das an meinem ersten Arbeitstag. So ein Mist aber auch.«

Nellys Augenbrauen wanderten überrascht in die Höhe. »Arbeitstag? Bist du dafür nicht noch ein bisschen zu jung?«, fragte sie und musterte das Mädchen ungläubig.

»Na ja, nicht wirklich Arbeit, ich … ich mache hier ein Sommerferien-Praktikum. Ach so, und ich heiße übrigens Mila.« Erneut strich sie sich die wilde Lockenpracht aus dem Gesicht. Doch so zappelig, wie sie sich aufführte, blieben ihre Haare nicht lange in dieser Position.

»Ich wollte eigentlich schon früher hier sein«, plapperte Mila weiter. »Aber es war so heiß und dann hat sich das Tor einfach nicht mit dem Code öffnen lassen …«

»Stimmt«, sagte Kata. Inzwischen hatte Fly sich wieder beruhigt und sie war mit dem Wallach am langen Zügel neben ihre Freundin getreten. »Der Code wird aus Sicherheitsgründen öfter geändert und ich bin Kata und das ist Nelly.«

»Ich hätte noch ein frisches T-Shirt in meinem Schrank, das ich dir leihen könnte«, bot Nelly an. »Du musst ja schrecklich in deinem Shirt schwitzen.«

»Echt? Das würdest du tun?« Mila strahlte sie dankbar an.

Nelly nickte. »Klar, sonst würde ich es ja nicht sagen!« Sie zwinkerte, während sie Mila das Rad reichte.

»Eigentlich wollte ich ja mit der Bahn fahren. Aber irgendwie blicke ich durch das ganze Verkehrsnetz noch nicht so richtig durch. Deshalb bin ich mit dem Rad gekommen. Auf meinem Handy ist mir die Strecke nicht so weit vorgekommen.«

»Wo wohnst du denn?«, wollte Kata wissen.

»Am nördlichen Stadtrand, in der Kleinstraße. Aber erst seit Kurzem. Vorher haben wir in einem kleinen Dorf gut dreihundert Kilometer von hier entfernt gewohnt. Blumenau, aber der Name wird euch bestimmt nichts sagen. Wir sind umgezogen, weil mein Vater hier in der Stadt einen neuen Job gefunden hat.«

»Du bist von der Nordstadt hierhergeradelt?«, staunte Nelly. »Da warst du doch bestimmt 'ne Stunde unterwegs.«

»Sogar noch länger, weil ich mich zweimal verfahren habe …« Verzweifelt sah Mila von einer zu anderen, während sie ihre Tasche, die bei dem Sturz aus dem Fahrradkorb gepurzelt war, aufhob und wieder verstaute. »Ich wollte an meinem ersten Tag auf dem

Gestüt Casparon als Praktikantin von Ansgar von Bettner doch nicht zu spät kommen.«

»Klar doch«, nickte Kata. »Das ist bestimmt auch besser so. Ansgar kann nämlich ganz schön ungemütlich werden, wenn man sich nicht an Vereinbarungen hält.«

»Ach was, lass dich nicht verrückt machen«, schob Nelly lachend hinterher und zwinkerte Mila aufmunternd zu.

Die arme Mila wurde immer röter und nervöser. Nelly fragte sich, wie sie Ansgars hartes Regime auch nur zwei Minuten überstehen wollte. Insgeheim tat sie ihr schon jetzt leid, denn der Gestütsleiter war alles andere als ein Charmebolzen.

»Was hältst du davon, wenn wir dir 'ne Tour geben? Wir sind sowieso den ganzen Tag hier und haben Zeit ohne Ende«, schlug Nelly vor und bot ihr sogar an, das Rad für sie zu schieben.

Doch Mila lehnte beides dankend ab. »Das ist wirklich sehr nett von dir. Aber ich schätze, ich sollte mich jetzt lieber direkt bei Herrn von Bettner melden«, sagte sie und schob ihr Rad selbst hinauf zum Hof. Milas Tasche polterte im Fahrradkorb, als sie die Asphaltstraße verließen und auf den gepflasterten Hof traten.

Mit großen Augen sah Mila sich um. Auch hier säumten riesige alte Eichen das Gelände und warfen in der noch tief stehenden Sonne lange Schatten auf die Reithalle und die beiden Stalltrakte, die sich hufeisenförmig anschlossen. Der Stall war wie aus dem Ei gepellt. Kein Strohhalm lag auf dem Pflaster und selbst das Gras am Rande der Einfahrt machte den Eindruck, als hätte es jemand mit der Zahnbürste gekämmt.

»Hier ist alles so, so, so …« Mila fehlten vor lauter Ehrfurcht glatt die Worte.

»Du kannst den Mund wieder schließen«, kicherte Nelly. »Im Vergleich zum Landsitz der Casparons ist der Stall nichts.« Nelly deutete auf die Reithalle. »Von hier aus kannst du es nicht sehen, aber das Anwesen liegt auf einer Anhöhe hinter der Halle und überschaut nach vorne das Gelände der DreamLand-Film-Studios und nach hinten den Kreiberger Forst.«

»Ich finde allein den Stall schon wunderschön und wirklich beeindruckend«, gab Mila krächzend zu. Sie drehte sich ein paarmal um die eigene Achse und wäre dabei fast schon wieder über ihr Rad gefallen. Sicherheitshalber schob sie es unter einen der großen Bäume und lehnte es an den dicken Stamm.

Die beiden Mädchen mochten an den Anblick schon gewöhnt sein, doch Mila war sich sicher, dass sie selbst in hundert Jahren aus dem Staunen nicht wieder rauskommen würde. Alles an diesem Ort war einfach nur atemberaubend.

Es war tatsächlich noch nicht einmal vier Wochen her, dass Mila mit ihren Eltern aus dem kleinen beschaulichen Dorf in die trubelige Großstadt umgezogen war. Alles erschien ihr hier unwirklich schön. Die beeindruckende Innenstadt mit der ewig langen Shoppingmeile, die vielen Passagen und Geschäfte, die Parks, die riesigen Altbauwohnungen und weiter draußen die schicken Villen mit den akkurat geschnittenen Hecken und weißen Gartenzäunen. Das Gestüt Casparon war einfach noch das i-Tüpfelchen dazu. Das Paradies auf Erden. Der Inbegriff von Milas Träumen vom großen Glück auf dem Pferderücken.

»Tja, spätestens heute Abend hat deine rosarote Brille die ersten Kratzer. Dafür wird Ansgar schon sorgen«, kommentierte Kata und führte die Mädchen und ihr Pferd in Richtung Stall.

***

Nach der Ruhe zwischen den Pferdekoppeln wurden die drei Mädchen hier auf dem Hof bereits von regem Treiben empfangen.

Hufe klapperten, aus einer der Putzboxen klang das helle Pling-pling eines Schmiedehammers und aus der Reithalle waren die Rufe eines Reitlehrers zu hören.

Auf einmal spürte Mila, wie trocken ihre Kehle war.

Wie alter Kaugummi klebte ihre Zunge an ihrem Gaumen. Schnell strich sie ihre schweißnassen Hände an der Jeans ab und zog das verschwitzte Shirt, so gut es ging, zurecht.

»Ich hol dir schnell das T-Shirt, dann kannst du dich umziehen«, meinte Nelly, die Mila aus dem Augenwinkel beobachtet hatte.

Mila hatte zwar keine Ahnung, wie sie in die Sachen der wesentlich kleineren Nelly passen sollte, doch alles war besser als dieses viel zu warme Shirt.

»Ähm, ja, das wäre wirklich super. Gibt es denn hier irgendwo Toiletten, wo ich die Sachen wechseln kann?«

»Toiletten? Nein, viel besser, wir haben einen nagelneuen Umkleideraum. Außerdem Duschen und einen schönen Gemeinschaftsbereich«, erklärte Kata mit etwas Überheblichkeit in der Stimme.

»Okay«, sagte Mila nun noch beeindruckter. Die leichte Arroganz in Katas Stimme war ihr nicht einmal aufgefallen. »So was hatten wir in unserem alten Reitstall natürlich nicht. Wenn man sich mal umziehen musste, weil man zum Beispiel direkt nach der Schule in den Stall gefahren ist, dann blieb einem dafür nur eine Pferdebox.« Sie lachte gedankenverloren auf, wobei die vielen Sommersprossen fröhlich auf ihrem Stupsnäschen zu tanzen anfingen. »Einmal ist Holger Kanne, der Besitzer des Hofes, gerade in den

Stall hereingeschneit gekommen, als ich erst mit einem Bein in meiner Reithose steckte, und hat ganz schön verdutzt geguckt. Das war mir vielleicht peinlich und …«

Weiter kam sie nicht, ein rotblondes Mädchen mit auffallend hellblauen Augen gesellte sich zu ihnen, hob lässig die Hand zur Begrüßung und sagte: »Hi, was geht?«

Mila starrte die Schönheit verwirrt an, weil sie quasi aus dem Nichts aufgetaucht war und schlagartig eine andere Stimmung herrschte.

»Okay, Mila, dann solltest du dich jetzt wirklich beeilen«, meinte Nelly plötzlich. »Es sei denn, du möchtest gleich am ersten Tag einen Rüffel von Ansgar riskieren.«

»Ansgar?« Das rotblonde Mädchen verzog ihr perfekt geschminktes Gesicht. »Ach, dann bist du wohl die neue Praktikantin, nach der er sich gerade in der Reithalle erkundigt hat und die längst da sein müsste.«

»Oh nein …«, stöhnte Mila schuldbewusst. Mist, die heutige Pechsträhne wollte einfach nicht abreißen.

»Ich hol jetzt mal das Shirt«, erklärte Nelly und verschwand im Stallgebäude.

»Ich muss auch weg, Fly endlich abspritzen«, meinte Kata und führte ihren Wallach ohne ein weiteres Wort davon.

»Ich bin übrigens Saskia.« Die Schöne streckte Mila ihre schmale Hand mit frisch manikürten und lackierten Fingernägeln entgegen. »Du kennst mich bestimmt von Sasis-Beauty-Pferdewelt?«

Mila dachte angestrengt nach, woher sie diese, ähm … wie auch immer Beauty-Pferdewelt kennen sollte, nickte aber sicherheitshalber.

»Okay, dann gehörst du ja bereits zu meinen mehr als hunderttausend Followern bei Instagram oder achtzigtausend Abonnenten bei YouTube.«

Erneut nickte Mila – auch wenn sie nicht den blassesten Schimmer hatte, wovon diese Saskia eigentlich sprach. Aber ihr Auftreten war so sicher und ihre Kleidung dermaßen stylish und perfekt, dass sich Mila einfach nicht traute, ihr zu widersprechen.

»Sehr schön. Habe ich mir aber schon gedacht. Pass auf, ich verlose gerade auf meiner Seite mehrere Sachen für Reiter und Pferd. Du kennst ja die Bedingungen.« Saskia lächelte mit strahlend weißen Zähnen. »Weißt du, wo du hinmusst? Also, jetzt hier auf dem Gestüt?«

Mila nickte. »Ja, ich soll mich in der großen Reithalle melden.«

Saskia winkte lässig ab. »Allerdings kannst du dir jetzt echt Zeit lassen. Ansgar ist eben noch mal vom Hof gefahren. Er musste wohl rüber ins DreamLand ans Set. Irgendein Pferd, das nicht so richtig mitspielen will. Du kannst dich also entspannen. Aber zukünftig solltest du unbedingt darauf achten, pünktlich zu sein.«

»Ja, danke für den Tipp«, beeilte sich Mila zu sagen. »Das habe ich mir auch fest vorgenommen.«

»Schön, schön«, flötete Saskia und rauschte davon.

Mila sah dem Mädchen etwas verdutzt hinterher, zuckte dann aber die Schultern. Jetzt, wo sie etwas Zeit gewonnen hatte, konnte sie sich hier ja ruhig schon mal genauer umsehen und dabei auch gleich Ausschau nach dem Umkleideraum halten.

Kapitel 2

Mila hatte gerade die große Reithalle inspiziert und stand nun staunend draußen zwischen den Dressurvierecken.

Das linke sah so aus, als hätte die Familie Casparon keine Kosten und Mühen gescheut, um das imposante Aachener Dressurviereck detailgetreu nachbauen zu lassen. Das rechte war ähnlich beeindruckend, nur ein gutes Stück kleiner. Trotzdem war es noch fast doppelt so groß wie die eingezäunte Grünfläche auf dem Hof von Susanne und Holger Kanne, wo Mila als knapp Neunjährige mit dem Reiten angefangen hatte.

In den letzten fünf Jahren hatte sie mehr Zeit auf dem Hof als zu Hause verbracht und es so sehr geliebt. Der Abschied war ihr unendlich schwergefallen.

Zumal ihre Eltern ihr von vornherein klar gemacht hatten, dass sie ihr in der teuren Großstadt bestimmt keine Reitstunden mehr bezahlen konnten.

Bei den Kannes kostete die Stunde acht Euro, und wenn man wie Mila bei der Stallarbeit mithalf, dann durfte man zusätzlich sogar noch ein paarmal gratis reiten. Mila war so was wie die Lieblingsschülerin von Susanne Kanne gewesen. Susanne meinte, Mila habe großes Talent und einfach das richtige Gespür für Pferde. Deshalb hatte sie zum Schluss sogar hin und wieder Susannes edle Turnierpferde reiten dürfen.

Sie war es auch gewesen, die für Mila den Praktikumsplatz auf dem Gestüt Casparon organisiert hatte, da sie den Gestütsleiter Ansgar von Bettner von früher kannte und bei ihm ein gutes Wort für Mila eingelegt hatte. Dass es tatsächlich geklappt hatte, war bei all dem Abschiedsschmerz zumindest ein kleiner Trost für Mila.

Seufzend löste Mila sich schließlich von dem traumhaften Anblick und lief zu den Stallungen, die direkt an die große Reithalle anschlossen, hinüber. Die imposanten weißen Flügeltüren, die sich zum Hof öffneten, waren geschlossen und Mila musste sich regelrecht an die Klinke hängen, um sie aufzubekommen.

Beruhigendes Schnauben empfing sie und der aufregende Duft von Heu, Pferdeschweiß und Lederzeug stieg ihr in die Nase. Mila atmete tief durch. Herrlich.

Es gab einfach keinen besseren Geruch. In Gedanken versunken steuerte Mila auf die Tür am Ende einer langen Reihe von Boxen zu, als plötzlich etwas ihre Aufmerksamkeit erregte.

Eine Box am Ende einer kleinen Seitenstallgasse, die von der Hauptgasse abging, war nicht wie die anderen nur aus polierten Metallstäben und einem Holzfundament gefertigt, sondern von innen zusätzlich mit Spanplatten verkleidet. Im sonst makellosen Glanz der Reitanlage wirkte dieser stümperhaft zusammengenagelte Bretterverschlag irgendwie fehl am Platz.

Sicherlich ein Art Abstellraum, ging es Mila durch den Kopf. Sie wollte bereits weitergehen, als ein ohrenbetäubender Schlag die Ruhe des Stalls durchbrach und Mila erschrocken zurückweichen ließ. Die Spanplatten der zugenagelten Box erzitterten und ein Pferd schrie lautstark auf. War das Tier etwa in dem Verschlag? Mila sah sich verwirrt um, aber in allen anderen hellen und sehr geräumigen Boxen fraßen die Pferde gelassen ihr Heu.

Wieder blickte Mila zu der verschlossenen Box. War das Pferd etwa ihretwegen erschrocken?

Ein weiterer krachender Schlag gegen die Boxenwand bewies eindeutig, dass der Verschlag bewohnt war. Das Ganze wurde Mila zunehmend unheimlich und damit war sie offenbar nicht die Einzige, denn nun reagierten auch die anderen Pferde nervös auf den Krawall. Sie rissen die Köpfe hoch und starrten Mila mit geblähten Nüstern an. Ein Schimmel rechts von ihr stieg in seiner Box und schlug dabei aufgebracht mit dem Kopf.

Das fing ja super an: Nicht nur, dass sie an ihrem ersten Tag zu spät kam, dazu völlig unpassend gekleidet war, sie sorgte auch noch für einen Panikausbruch unter den Pferden.

Wild entschlossen, sich nicht noch weiter zu blamieren, und vor allem, die anderen hier auf dem Hof nicht auch noch auf sie aufmerksam zu machen, nahm Mila all ihren Mut zusammen und ging auf die zugenagelte Boxentür zu. Ganz langsam. Sehr vorsichtig. Sie wagte nicht einmal, richtig durchzuatmen.

»Hallo, du da drinnen, Pferdchen, es ist doch alles gut, es passiert dir nichts«, redete sie leise und beschwörend auf das Tier in dem Bretterverschlag ein. »Ich weiß, du kennst mich nicht, aber glaub mir, ich bin ganz harmlos. Um ehrlich zu sein, ich könnte mit dir wetten, dass ich mich gerade viel mehr fürchte als du dich …« Egal, was sie sagte, Hauptsache, das Pferd hinter der zugenagelten Wand hörte mit der Randale auf und nahm nicht noch den ganzen Stall auseinander.

Langsam näherte sie sich der Boxentür und bemerkte erst jetzt ein handgeschriebenes Schild mit der Aufschrift: BETRETEN STRENGSTENS VERBOTEN!

Mila blieb stehen. Wieder donnerte das Tier von innen gegen die Verkleidung.

»Ruuuuuhig, es passiert dir doch gar nichts. Du musst damit aufhören, sonst verletzt du dich noch, und dann kann ich gar nicht anders als zu dir in die Box kommen und nachschauen …« Mila stockte, weil das Gepolter tatsächlich nachließ.

Lauschend verharrte sie in der Bewegung. Ein leises Schnauben war zu hören. Mila konnte die Anspannung förmlich spüren. Die Luft schien regelrecht zu knistern. Noch einen Schritt näher. Und noch einen. Schließlich stand sie direkt vor der Tür. Ein seltsamer Geruch stieg ihr in die Nase und Mila musste sich räuspern. Sofort donnerte es erneut gegen die Wand, direkt auf ihrer Kopfhöhe. Erschrocken schrie sie auf und machte einen übereilten Satz zurück, sodass sie beinahe das Gleichgewicht verlor.

Brutal schlugen die Eisen des Tieres gegen die Bretter und Metallstangen. Der ganze Stall erbebte und die Tritte wurden immer noch heftiger.

Hektisch sah Mila sich um. Sollte sie Hilfe holen? Wer zum Teufel sperrte ein Pferd auch in so einen Verschlag?

»Beruhige dich doch, Pferd, alles ist guuuut. Hörst du, ganz ruuuuhig …«

Erneut herrschte einen Moment lang Stille, doch dann donnerte es noch einmal ganz gewaltig.

Verdammt, wenn Ansgar von Bettner mitbekam, dass sie erst zu spät auftauchte und dann auch noch die Pferde zum Durchdrehen brachte, war sie den Praktikumsplatz womöglich schneller wieder los, als sie bis zehn zählen konnte. Daran konnte dann auch Susanne Kanne nichts mehr ändern.

»Bitte, Pferd, tu mir den Gefallen und beruhige dich. Ich verschwinde dann auch sofort wieder von deiner Box. Aber erst muss ich sicher sein können, dass du dir dort drinnen nicht selbst wehtust. Das musst du bitte verstehen, ich kann das nicht einfach so … na ja, abhaken und so tun, als ginge mich das nichts an …«

Als hätte das Pferd verstanden, wurde es erneut ganz still hinter der Wand.

»So ist's prima. Du bist ein ganz, ganz tolles Pferd.« Vorsichtig legte sie eine Hand gegen die Spanplatte. Dabei fiel ihr Blick erneut auf das »BETRETEN STRENGSTENS VERBOTEN«-Schild, doch diesmal sah sie auch die Stallplakette, die darunter versteckt war. Vorsichtig schob sie die rechte Ecke des handgeschriebenen Zettels beiseite und erkannte das Hannoveraner Brandzeichen. Neugierig hob sie den Zettel ganz an und konnte den Besitzernamen lesen. Das Pferd gehörte der Familie Casparon.

»Aber warum behandeln sie dich bloß so schlecht?«, wisperte Mila gegen das Holz. »So ein wunderschöner Hof, das Dressurviereck aus Aachen nachgebaut, Aufenthaltsräume für die Einsteller und in der Halle der neueste und teuerste Fairground-Boden, und dich sperren sie hier in so einen erbärmlichen Verschlag.« Mila wurde richtig wütend auf die Casparons, ohne sie überhaupt zu kennen. Doch wer ein Pferd so behandelte, den brauchte sie nicht zu sehen, um zu wissen, dass sie ihn nicht mochte.

»Du tust mir so leid, Pferd«, flüsterte Mila und strich mitfühlend über die raue Spanplatte.

»Hey du, was machst du da? Bist du verrückt geworden!«, erklang plötzlich eine aufgeregte Stimme hinter ihr.

Mila wirbelte herum und blickte direkt in die blauen Augen eines hochgewachsenen dunkelhaarigen Jungen.

»Ich ... ich ... ähm, das Pferd, es verletzt sich noch selbst ...«, stammelte Mila hilflos und spürte, dass sie zu allem Überfluss auch noch rot anlief.

Der Junge sah sie halb verwirrt, halb wütend an. »Was redest du denn da? Und außerdem, kannst du nicht lesen? Da steht: Betreten strengstens verboten! Das Pferd ist gestört und du hast hier nichts zu suchen. Also verschwinde gefälligst!«

»Ich ... ähm ... es tut mir leid. Ich verstehe nur

nicht …« Am liebsten wäre Mila im Erdboden versunken.

Was sollte sie tun? Einfach ohne ein weiteres Wort verschwinden? Und wenn der Junge später Ansgar von Bettner davon erzählte und sie dabei ins völlig falsche Licht rückte? War es dann nicht ratsamer, dem Jungen die Situation zu erklären?

Mila blieb keine Zeit für weitere Überlegungen. Das Pferd hinter der Wand fing wieder an zu toben.

»Jetzt zieh schon Leine oder brauchst du noch 'ne Extraeinladung?«, ranzte der Typ sie harsch an. »Dort ist die Tür!« Er deutete in die Richtung, aus der er gerade gekommen sein musste.

Mila schloss kurz die Augen, um sich zu fangen, nickte dann und lief wortlos an ihm vorbei.

Wie hatte sie nur so blöd sein können, sich der Box zu nähern? Sie rannte durch die nun weit offen stehende Tür und wäre beinahe zum zweiten Mal an diesem Tag mit Nelly zusammengestoßen.

»Meine Güte, passiert dir das öfter?« Nelly schaffte immerhin ein schiefes Lächeln, selbst wenn ihr Mila langsam, aber sicher etwas merkwürdig vorkam. Kopflos durch einen Pferdestall zu rennen, war selten eine gute Idee.

»Es tut mir leid, wirklich«, plapperte Mila aufgeregt los. »Aber da ist dieses Pferd in dem Verschlag und es hat so getobt. Ich wollte es beruhigen. Doch dann ist plötzlich dieser Typ aufgetaucht, so ein dunkelhaariger, ziemlich arrogant. Er hat mich total angemotzt und …«

»Entschuldige bitte, Mila«, fiel Nelly ihr ins Wort. »Aber ich habe jetzt wirklich keine Zeit mehr.« Nellys eben noch so freundliches Gesicht hatte sich schlagartig verdunkelt. »Hier ist das Shirt, da drüben die Umkleide. Und wenn ich dir noch einen Tipp geben darf, steck deine Nase nicht in Dinge, die dich nichts angehen … also, falls dir was an deinem Praktikumsplatz liegt.«

»Aber …« Mila sah Nelly verwundert an. »Danke für das Shirt«, sagte sie dann mehr zu sich selbst, weil Nelly längst davongeeilt war.

Okay, ihr Start auf dem Gestüt der Familie Casparon hätte wohl kaum schlimmer sein können. Aber davon würde Mila sich bestimmt nicht abschrecken lassen.

Aufgeben war ein Wort, das Mila nicht kannte.

Kapitel 3

»Soso, dann bist du also das Mädel, mit dem mir Susanne Kanne so in den Ohren gelegen hat!« Ansgar von Bettner musterte Mila, und die wäre am liebsten zum zweiten Mal an diesem noch so frühen Tag im Erdboden versunken. Der Blick aus seinen eisgrauen Augen war nicht freundlich. Eher abschätzend – skeptisch.

»Allerdings wundert mich das nun doch etwas. Die gute Susanne sollte eigentlich wissen, wie groß bei mir Verlässlichkeit und Pünktlichkeit geschrieben werden.«

»Es tut mir wirklich leid, Herr von Bettner, ich habe einfach die Fahrzeit falsch berechnet. Ich dachte, ich schaffe es mit dem Rad in weniger als einer Stunde. Aber das ist unmöglich und dann habe ich mich noch verfah…«

»Stopp! Hör sofort mit dem konfusen Geplapper auf! Außerdem sind mir die Gründe egal und Ausreden, das kannst du dir gleich mal merken, mag ich überhaupt nicht!«, schnitt er Mila scharf das Wort ab.

Mila zuckte zusammen, als hätte der schlanke, hochgewachsene Mann mit den dunklen Haaren, die so gekonnt frisiert waren, ihr eine Ohrfeige verpasst.

»Das Gestüt Casparon arbeitet eng mit den DreamLand-FilmStudios zusammen. Viele der Pferde, die bei den unterschiedlichsten Film- oder Serienproduktionen eingesetzt werden, stehen hier auf dem Gestüt und werden hauptsächlich von mir höchstpersönlich trainiert und in Topform gehalten. Jederzeit abrufbar, versteht sich. Dafür ist Pünktlichkeit die Grundvoraussetzung und selbstverständlich. Schließlich kostet jede Minute, in der es zu Drehverzögerungen oder gar Ausfällen kommt, ein Heidengeld. Möchtest du dafür die Verantwortung tragen, hä?«

Mila lagen tausend Antworten auf der Zunge. Aber sie sah ein, dass jedes weitere Wort sinnlos war.

Also nickte sie einsichtig und versprach murmelnd: »Es kommt nie wieder vor!«

»Das will ich dir auch raten. Ansonsten ist es nämlich mit dem Ferienpraktikum schnell wieder vorbei.«

Seine finstere Miene hellte sich schlagartig auf, als plötzlich Nelly mit einer bildschönen Fuchsstute am Zügel um die Ecke kam.

»Ach, hier steckst du, Ansgar«, sagte sie und ahnte, dass Mila gerade einen ordentlichen Anpfiff vom Gestütsleiter bekommen hatte. »Hatten wir nicht vereinbart, um halb zehn am großen Viereck?!« Nelly warf einen Blick auf ihre Armbanduhr. »Oder geht meine Uhr etwa falsch?«

»Ähm …« Ansgar von Bettners Wangen arbeiteten ärgerlich. »Ich hole nur schnell meine Wasserflasche aus dem Auto, dann komme ich sofort zum Viereck«, versicherte er Nelly. Der eben noch so harsche Tonfall war wie weggeblasen. Jetzt klang er fast schon freundlich. Allerdings nur an Nellys Adresse gerichtet. Mila bedachte er mit unverändert finsterem Blick und zischte ihr zu: »Wir sprechen uns später noch mal. Geh jetzt rüber zu Karl in den Hauptstall und frag ihn, wie du dich nützlich machen kannst!«

Mila nickte, heilfroh, dem mürrischen Gestütsleiter vorerst entkommen zu sein.

»Mach dir nichts draus«, sagte Nelly zu ihr und lächelte sie aufmunternd an. »Der spielt sich gerne auf. Entscheiden tun hier nur die Casparons. Und natürlich Cliff Roberts.«

Mila atmete tief durch. »Sind die etwa ebenso *nett* wie Herr von Bettner?«, brummte sie wenig begeistert. »Bis auf Kata und dich habe ich auf dem Gestüt leider nur eher nicht so freundliche Begegnungen gehabt.« Im nächsten Moment hätte Mila sich für ihre offenen Worte glatt die Zunge abbeißen können. Nelly musste hier auf dem Hof irgendwie wichtig sein. Bestimmt waren ihre Eltern steinreich oder so. Auf jeden Fall hatte dieser Kotzbrocken von Gestütsleiter sich Nelly gegenüber ziemlich geschmeidig gegeben. Wie kam sie bloß auf die Idee, sich ausgerechnet bei Nelly über die Leute hier aufzuregen.

»Ich … ähm … na ja, ich wollte jetzt nicht lästern«, versuchte Mila ihre Aussage irgendwie abzuschwächen. »Bestimmt liegt es an mir. Ich bin manchmal schon ziemlich chaotisch.«

Doch Nelly winkte großzügig ab. »Jetzt mach dir mal keinen Kopf. Du hast einfach nicht den besten Start gehabt. Aber ich kann dich beruhigen, Frau und Herr Casparon sind sehr nett. Genauso wie Cliff Roberts, der übrigens Leos Vater ist.«

Nelly hatte den Namen Leo so betont, als müsste Mila ihn kennen – doch so war es nicht.

»Leo? Ist das der dunkelhaarige Junge, dem ich vorhin im Stall begegnet bin?«

Nelly lachte, weil Mila so unheilvoll guckte.

»Ja, das war Leo. Und so, wie ich das sehe, hast du auch mit ihm nicht den besten Start gehabt, aber Leo ist wirklich okay. Allerdings in allem, was Rashun betrifft, sehr empfindlich.«

Erneut konnte Mila nur raten. »Rashun ist das Pferd, das in der dunklen Box steht?«

Nelly nickte. »Er ist total gestört. Richtig gefährlich. Die Casparons haben auf Ansgars Anraten veranlasst, dass er die Box erst mal nicht verlassen darf. Leo ist stinksauer deswegen. Aber selbst sein Vater kann zurzeit nichts daran ändern. Die Casparons vertrauen da voll und ganz auf Ansgars Einschätzung.« Vom Parkplatz her war das Zuschlagen einer Autotür zu hören. »Ich muss jetzt mal zum Reitplatz hoch«, meinte Nelly augenzwinkernd. »Sonst ist Ansgar noch vor mir da und den Triumph gönne ich ihm bestimmt nicht.«

Flüchtig hob Nelly die linke Hand zum Abschied, während sie mit der rechten ihre nicht wirklich motivierte Fuchsstute hinter sich herzog.

»Das Shirt steht dir übrigens gut!«, rief sie, ohne sich umzudrehen, Mila zu.

»Ach ja, danke noch mal dafür!«, beeilte sich Mila zu erwidern und machte sich dann schnell auf den Weg zum Hauptstall.

Kühle Luft schlug Mila entgegen, als sie die breite Stallgasse betrat. Mila schätzte, dass es auf jeder Seite bestimmt um die zwanzig Boxen waren. Allesamt sehr geräumig, die Front aus massivem dunklem Holz mit edlem grünem Gatteraufsatz. In jeder Boxentür befand sich ein geschwungener Ausschnitt, damit die Pferde in die Stallgasse schauen konnten. Nach hinten hinaus gab es eine weitere Tür, durch die sie in einen kleinen Auslauf gelangten.

Der größte Teil der schönen Paddockboxen war jedoch leer, was wohl daran lag, dass sich fast alle Pferde auf den angrenzenden Weiden befanden. Trotz des Ärgers, den Mila sich in dieser kurzen Zeit auf dem Gestüt Casparon nun schon eingehandelt hatte, war sie erneut schwer begeistert. Für die Reiter hatte man hier wirklich an so ziemlich jeden Luxus gedacht, aber eben auch darauf geachtet, dass die Pferde so artgerecht wie nur möglich gehalten wurden. Große Weideflächen und Paddockboxen garantierten ausreichend Auslauf und stets frische Luft.

Mila lief die lange Stallgasse entlang, überflog dabei die Stalltafeln, die an den meisten Boxen angebracht waren. Sie las klangvolle Pferdenamen, stellte fest, dass hier so ziemlich alle momentan im großen Sport angesagten und erfolgreichen Hengste ihre Nachkommen hatten. Natürlich aus Anpaarungen mit fast ausschließlich ebenso edlen Zuchtstuten.

Die Tiere, die hier normalerweise in den komfortablen Paddockboxen standen, waren keine Wald-und-Wiesen-Pferdchen. Wobei das für Mila nicht die geringste Rolle spielte. Sie liebte Pferde, und zwar völlig unabhängig vom Stammbaum.

Auf Papieren kann man nicht reiten, sagte Herr Kanne immer und diese Meinung teilte Mila hundertprozentig.

Als Mila das Ende der breiten und blitzblank gefegten Gasse erreicht hatte, sah sie sich ratlos um. Von Karl, der sich laut Herrn von Bettner hier aufhalten sollte, war weit und breit nichts zu sehen.

»Toll, jetzt bin ich selbst dafür zu blöd, diesen Karl zu finden«, murmelte sie entnervt vor sich hin.

»Habe ich da gerade meinen Namen gehört?«

Mila lehnte sich leicht über den geschwungenen Ausschnitt der Boxentür direkt neben ihr und schaute kurz darauf in ein paar hellblaue und blitzvergnügte Augen.

»Sind Sie Karl?«

»So heiße ich. Und wer bist du? Ich darf doch Du zu dir sagen, oder?«

Der Mann war klein und drahtig, hatte eine glänzende Halbglatze und ein freundliches, rundes Gesicht mit vielen roten Äderchen auf den Wangen.

»Mila. Und ja, natürlich ist *du* okay.«

»Prima!«, erwiderte er. »Und wie kann ich dir nun weiterhelfen?«

»Herr von Bettner hat gesagt, dass ich mich bei Ihnen melden soll. Ich bin die neue Ferienpraktikantin und habe heute meinen ersten Tag auf dem Gestüt. Er meinte, Sie würden mir sagen, was zu tun ist.« Mila hatte sich große Mühe gegeben, beim Erwähnen von Herrn von Bettners Namen möglichst neutral zu klingen. Auf gar keinen Fall sollte man ihr ihre Abneigung anhören.

»Also, erstens, wenn ich Du sagen darf, dann machst du das gefälligst auch. Ich bin Karl und hier als Stallmeister sozusagen der Mann für alle Fälle.« Er grinste breit und Mila musste lachen. »Willkommen auf dem Gestüt Casparon, Mila. Du kommst aber nicht von hier, stimmt's?«

Mila nickte. »Nein, ich bin mit meinen Eltern erst vor Kurzem hierhergezogen. Wir haben in einem kleinen Dorf gewohnt. Ziemlich abseits und viel los war da natürlich nicht. Aber ich hab's gemocht …«

»Du wirst dich hier bestimmt schnell einleben«, war sich Karl sicher und erklärte auch gleich, warum: »Wenn jemand so eine offene und freundliche Art hat wie du, dann gelingt ein Neuanfang überall.«

Mila fühlte sich geschmeichelt, aber ihr fiel beim besten Willen nicht ein, was sie darauf erwidern konnte. Sie wusste nicht einmal, was Karl zu dieser Annahme veranlasste. Viele Worte hatten sie schließlich noch nicht miteinander gewechselt.

»Mit Pferden kennst dich aber schon aus, oder?«

»Ja, natürlich. Sonst hätte Herr von Bettner mich bestimmt nicht fürs Sommerpraktikum ausgewählt.« Mila bemerkte selbst, wie zickig sie sich gerade angehört hatte. »Entschuldigung, ich wollte nicht …«

»Schon gut, Mila. Ich bin nicht so empfindlich. Hast dich wohl über den Von-und-zu geärgert, was?«

Mila seufzte tief.

»Verstehe schon, du traust dich nicht. Aber ich kann dir versichern, bei mir musst du kein Blatt vor den Mund nehmen. Zumindest nicht, was den Herrn Gestütsleiter betrifft. Ich weiß bis heute nicht, warum die Casparons ihn vor knapp zwei Jahren eingestellt haben. Angeblich wegen der guten Referenzen. Aber Papier ist meiner Meinung nach geduldig. Genauso wie man auf den Papieren eines Pferdes nicht reiten kann.« Er zwinkerte Mila verschwörerisch zu.

Kapitel 4

»Hi Leo, wie geht's?«, rief Kata und hob lässig die Hand.

»Hi!«, gab Leo knapp zurück.

»Schlechte Laune?«

»Nö, warum?«

Kata warf lachend den Kopf in den Nacken. »Sag mir, wenn ich mich täusche.«

»Weißt du, wer dieses blonde Mädchen ist?«

Kata zog die Augenbrauen hoch. »Wilde Locken, tausend Sommersprossen, löchrige Jeans?«

Leo nickte.

»Das ist Mila, Ansgars neue Ferienpraktikantin. Warum fragst du? Ist sie etwa der Grund für deine miese Laune?«

Leo verzog das Gesicht. »Ich hab sie vorhin an Rashuns Box erwischt.«

»Aha«, machte Kata.

Einen kurzen Moment lang herrschte Schweigen zwischen den beiden, dann aber räusperte sich Kata. »Sie ist okay.«

»Wie kommst du darauf?«

Kata hob die schmalen Schultern. »Menschenkenntnis.«

Nun war es Leo, der laut auflachte. »Von wegen. Muss ich dich etwa an Diane Benedix erinnern?«

Kata streckte ihm die Zunge heraus. »Na toll, und wie lange willst du mir das noch vorhalten? Und außerdem, Leo, hey, tu jetzt bloß nicht so, als hättest du dich nicht auch in ihr getäuscht. Du warst doch derjenige, der sie vom Set dieses Fernseh-Dreiteilers hierhergeschleppt hat.«

Leo winkte ab. »Schon gut, schon gut, lass uns jetzt nicht wieder die alten Geschichten vorkramen.«

Kata schob leicht eingeschnappt die Unterlippe vor. »Du hast damit angefangen.« Sie verschränkte die Arme vor der Brust. »Aber was Mila betrifft, ich habe sie zwar heute Morgen nur kurz getroffen, aber sie ist bestimmt keine zweite Diane-Super-Filmstar-Zicke. Mila kommt aus irgend so einem kleinen Dorf irgendwo im tiefsten Norden und denkt, sie ist mitten im Paradies gelandet, weil sie den Praktikumsplatz bei Ansgar bekommen hat. Sie freut sich total, und auch wenn sie etwas chaotisch ist und irgendwie unbeholfen rüberkommt, denke ich, sie ist okay.«

»Wenn du das sagst«, brummte Leo nicht wirklich überzeugt.

»Könntet ihr vielleicht mal aus dem Bild gehen?«

»Pöh«, machte Kata.

»Katharina Schneider, geh gefälligst zur Seite. Du siehst doch, dass ich ein neues Video drehe.«

»Saskia, du nervst!«, gab Kata zurück. »Such dir einen anderen Platz, wir bleiben!«

»Also ich nicht«, erklärte Leo mit gedämpfter Stimme und lächelte Kata entschuldigend an. »Denk aber nicht, dass ich vor deiner Zweihunderttausend-Follower-großen-Schwester flüchte. Ich muss rüber ins DreamLand. Die ersten Vorbesprechungen wegen der Stunts für diesen Pferde-Dreiteiler.«

»Echt? Oh wow, dann geht es jetzt tatsächlich los?« Plötzlich war Kata ganz aufgeregt. »Denkst du daran, dass Nelly und ich unbedingt bei den Dreharbeiten zugucken möchten? Und natürlich auch bei deinen Stunts.«

Leo nickte. »Klar, hab ich euch doch versprochen. Aber heute ist nur die Besprechung. Morgen könnte es schon interessanter werden.«

»Super! Aber vergiss bloß nicht, Bescheid zu sagen!«

»Kata, jetzt geh endlich! Meine Sponsoren wollen

Pferde in der Nachmittagssonne. Schließlich gibt es eine Satteldecke in Sommerfarben zu gewinnen. Nur, wenn du mir noch länger im Weg stehst, dann ist es mit dem genialen Licht, das gerade auf die Weiden fällt, vorbei!« Saskia schüttelte ihre glänzenden Haare über die Schulter zurück und machte mit der Hand eine Bewegung, als wollte sie ein lästiges Insekt verscheuchen.

Das brachte das Fass für Kata endgültig zum Überlaufen. Wütend stampfte sie auf ihre Schwester zu und baute sich direkt vor ihr auf. »Saskia, was hältst du davon, wenn ich deinen Sponsoren und deiner gesamten Instagram- und YouTube-Fangemeinde mal in *meiner* Story verklickere, dass du zwar ständig einen auf Superreiterin machst, aber in Wirklichkeit kaum Bock zum Reiten hast. Mit dem Gedanken trage ich mich nämlich ernsthaft, wenn du mich weiterhin so nervst und dich aufspielst, als wärst du der Superstar auf dem Gestüt.«

Saskia erwiderte den feindseligen Blick ihrer Schwester. »Was ist, Kleine, ist es noch immer wegen dem schlechten Gewissen Leo gegenüber oder warum bist du sonst so auf Krawall gebürstet?«

Kata schnappte empört nach Luft. Doch bevor sie ihrer Schwester ein paar *Nettigkeiten* an den Kopf pfeffern konnte, machte die schon mit zuckersüßer Stimme weiter. »Und außerdem, Kata, wer verfolgt bitte schön deine Instastorys? Sind es tatsächlich schon dreihundert Follower?« Sie lachte überheblich auf. »Falls es doch irgendeiner sehen sollte, wird er dir eh nicht glauben. Sieht nämlich verdammt nach eifersüchtiger kleiner Schwester aus.« Saskia schob Kata zur Seite. »Und nun mach endlich Platz. Ich wiederhole mich nur ungern.«

Ohne ein weiteres Wort rauschte Kata davon. Es war wie immer, Saskia bekam ihren Willen und Kata kochte vor Wut, hielt aber die Klappe. Verdammt!

Schnaufend stampfte sie um die Ecke und wäre fast in ein altes Hollandrad gestolpert.

»Vorsicht! Achtung!«, warnte sie eine helle Stimme.

Kata bremste aus vollem Lauf und stand vor Mila, die ihr Rad schob. Am frühen Morgen hatte sie schon verschwitzt und reichlich zerzaust ausgesehen. Jetzt war sie auch noch von oben bis unten voller Staub, Späne und Heu. Ansgar von Bettner musste sie ordentlich schuften gelassen haben.

»Mila, puh, du schaust ja völlig erledigt aus«, sagte Kata mitleidig.

Mila versuchte ein Lächeln. Doch es missglückte ihr. »Sehe ich etwa so fertig aus, wie ich mich fühle?«, keuchte sie erschöpft.

Kata nickte. »Total geschafft.«

»Oh Mann, und jetzt muss ich auch noch den ganzen Weg mit dem Rad zurück. Morgen fahr ich mit den Öffentlichen.« Mila atmete tief durch. »Falls ich mich morgen überhaupt noch bewegen kann.«

»Willst du jetzt gleich los?«, fragte Kata. »Ich meine, musst du?«

Mila zuckte mit den Achseln – und spürte schmerzlich jede einzelne Verspannung in Nacken, Schulter und Rücken. »Aua«, jammerte sie.

Kurz entschlossen nahm Kata ihr das Rad ab, lehnte es gegen den nächsten Baum und hakte Mila unter. »Du kommst jetzt mit in unseren Aufenthaltsraum. Da machst du dich erst mal frisch und dann gebe ich dir 'ne Cola aus. Meine Mutter kann mich mit unserem großen Auto abholen. Da passt dein Rad locker in den Kofferraum.«

Mila sah sie ungläubig an. »Wie jetzt, du meinst, deine Mutter fährt mich nach Hause?«

Kata nickte.

»Aber … aber … wohnt ihr denn bei mir in der Nähe?«

Kata schüttelte den Kopf.

»Dann liegt es aber auf dem Weg?«

Erneut verneinte Kata. »Wir wohnen im Sommerweg. Das ist hinten bei den Parkanlagen. Also ein gutes Stück von dir entfernt. Aber das ist kein Problem. Meine Ma ist ziemlich unkompliziert.« Kata hob die Hände, ließ sie gleich wieder fallen und fügte nun mit finsterer Miene hinzu: »Eigentlich sollte ich mit Saskia nach Hause fahren. Aber wir haben uns gerade ordentlich gezofft. So wie ich meine tolle große Schwester kenne, wird sie mich nachher betteln lassen, dass sie mich in ihrem Mini mitnimmt, und darauf habe ich echt keinen Bock.« Kata zog ihr Handy aus der Gesäßtasche ihrer todschicken Reithose und tippte auf dem Display herum. »Ich schreib ihr schnell«, kommentierte sie ihr Tun und nickte kurz darauf zufrieden. »Okay, alles paletti. Sie ist noch eben bei ihrem Friseur, aber fast fertig. In 'ner knappen halben Stunde kann sie uns abholen. Passt das bei dir?«

Mila nickte. »Ja, klar doch. Das ist fantastisch. Also, ich freue mich. Echt! Nur hoffentlich ist es deiner Mutter auch wirklich recht …?«

Kata seufzte übertrieben. »Wenn ich es dir sage, Mila, dann darfst du es mir ruhig glauben. Und jetzt hör mal einen Moment damit auf, dir über alles und jeden 'nen Kopf zu machen, und wasch dir im Bad den Staub aus dem Gesicht. Ich hol uns schon mal die Cola aus dem Automaten.«

Fünf Minuten später saßen sich die beiden Mädchen an einem der sechs runden Tische mit blank polierter weißer Platte gegenüber. Kata hatte ihre Stiefel ausgezogen und auch die dünnen Reitsocken und betrachtete nachdenklich ihre etwas angeschwollenen Füße. »Den ganzen Tag in den Stiefeln geht echt gar nicht.«

Mila nickte. Obwohl sie keine Reitstiefel getragen hatte, sondern wesentlich luftigere Leinenschuhe, dampften ihre Füße wie verrückt. Allerdings hatte sie auch wie verrückt geschuftet. Auf Anweisung von Ansgar von Bettner, der sie, nachdem sie Karl beim Ausmisten der letzten drei Boxen im Hauptstall geholfen hatte, hin- und hergescheucht hatte. Zunächst musste sie die kompletten Paddocks abäppeln, dann vor der Miste fegen und später hatte er sie schwere Spänesäcke aus der einen Scheune in die anderen schleppen lassen. Und das, obwohl Karl später kopfschüttelnd meinte, dass er das ganz locker mit dem kleinen Trecker hätte erledigen können.

Danach war wieder Fegen angesagt gewesen, und zwar sämtliche Stallgassen und große Teile des weitläufigen Vorhofes. Es war Karl, der sie um kurz vor vier endlich erlöst hatte.

»Jetzt mach mal Feierabend, Mädchen. Den Rest erledige ich mit der Kehrmaschine.«

»Aber Herr von Bettner hat es mir aufgetragen. Ich kann doch jetzt nicht einfach nach Hause gehen«, hatte Mila verunsichert erwidert.

»Der ist längst nicht mehr auf dem Gestüt und außerdem grenzt das ja schon an Schikane. Also Mila, bis morgen. Genieß noch ein bisschen das schöne Wetter.«

»Und? Hat er dich ordentlich getriezt, der *liebe*

Ansgar?«, riss Kata Mila aus ihrem erschöpften Tagesrückblick.

Mila seufzte tief. Eigentlich hatte sie sich fest vorgenommen, sich nicht zu beklagen. Und über den Gestütsleiter lästern, nein, das sollte sie besser auch unterlassen. Doch Kata schaute sie so aufrichtig an, bestimmt wollte sie Mila nicht ausquetschen, um sie dann bei Herrn von Bettner anzuschwärzen.

»Hat er. Doch viel blöder fand ich, dass er mich an kein Pferd gelassen hat. Ich durfte Karl und Jurek nicht einmal helfen, die Pferde am frühen Nachmittag von den Weiden reinzuholen. Ich habe ja nicht damit gerechnet, dass er mich gleich reiten lässt oder so. Aber, dass ich nichts als misten, fegen und schleppen darf, okay, davon bin ich nun auch nicht ausgegangen.« Mila ließ sich gegen die Stuhllehne zurückfallen. »Bitte versteh mich nicht falsch, ich habe auf dem Hof, auf dem ich vorher geritten bin, auch immer bei der Stallarbeit geholfen. Das ist schon okay für mich und ich finde, dass es dazugehört. Aber bei Herrn von Bettner hatte ich das Gefühl, dass er mich ganz bewusst lauter körperlich schwere Arbeiten verrichten lässt. Karl hat auf jeden Fall ein paarmal den Kopf geschüttelt und gemeint, dass er das normalerweise mit dem Traktor oder der Kehrmaschine erledigen würde …«

Kata rollte vielsagend die Augen. »Der will dich testen. Das ist so seine Art. Die Leute erst mal ordentlich schikanieren, und wenn sie gleich schlappmachen, dann taugen sie halt nichts. So tickt der.«

»Echt?« Mila schüttelte den Kopf. »Dann gehöre ich wohl zu den Taugenichtsen. Ich habe nämlich schlappgemacht. Aber davon hat er nichts mehr mitbekommen, denn laut Karl ist er schon lange nicht mehr auf dem Gestüt.«

Die Tür öffnete sich und zwei junge Frauen in Reitklamotten kamen lachend hereingeschneit. »Hi, ihr beiden!«, riefen sie den Mädchen zu, holten sich Getränke aus dem Automaten und ließen sich an den Nachbartisch sinken.

Kata und Mila erwiderten ihren Gruß, woraufhin eine der beiden Frauen fragte: »Und, Kata, was macht dein junger Franziskus? Hast du jetzt eigentlich schon draufgesessen?«

Kata schüttelte den Kopf. »Quatsch, *Franzi* ist doch erst zwei Jahre alt. Gegen Ende der Weidesaison kommt sie aus der Aufzucht hier aufs Gestüt und dann fange ich über den Winter mit dem Longieren und so an.«

»Ach, dein Fanziskus ist eine Stute«, meinte nun die andere Frau. »Mit Stuten habe ich es ja nicht so. Aber Hauptsache, der Papa hat sich ordentlich vererbt, dann kann man auch mit einer Stute was reißen.«

Kata nickte lächelnd. Doch auch wenn Mila sie

noch nicht wirklich kannte, sah sie ihr an, dass es ein falsches Lächeln war.

»Wollen wir schon mal rausgehen?«, fragte sie Kata leise. »Deine Mutter kommt doch jetzt bestimmt gleich und ich muss ja noch das Rad holen.«

Kata sah Mila an und nickte kaum merklich.

Mila erhob sich, während Kata Anstalten machte, sich die Socken und Stiefel wieder anzuziehen. Doch dann überlegte sie es sich anders und ging barfuß zur Tür.

»Tschau, tschau!«, riefen sie in den Raum zurück und die beiden jungen Frauen entgegneten fast gleichzeitig: »Ja, wir sehen uns!«

Draußen sank Kata tief durchatmend gegen die weiß verputzte Fachwerkhauswand. »Danke«, murmelte sie.

»Wofür?«, fragte Mila.

»Ich war gerade im Begriff, mich mit den beiden anzulegen. Heute ist einfach nicht mein Tag. Dabei hat er so schön begonnen. Aber direkt nachdem ich Fly geritten bin, ging es steil bergab.«

»Dann können wir uns ja die Hand reichen«, grinste Mila. »Wobei du wenigstens noch geritten bist. Bei mir steht es in den Sternen, wann ich jemals wieder ein Pferd auch nur führen darf.«

»Das wird schon, Mila.« Kata nickte ihr aufbauend zu. »Diese Woche wird er dich vielleicht noch ein wenig knechten, aber dann darfst du bestimmt auch bald aufs Pferd. Oder zumindest dich um die vom Gestüt kümmern.«

»Okay«, sagte Mila gedehnt. »Dann bereite ich mich schon mal moralisch auf eine harte Woche vor.«

Kata zwinkerte ihr zu. »Vielleicht wird es ja nicht so schlimm.«

»Und worüber hast du dich geärgert?«, wollte Mila nun aber von Kata erfahren.

Kata machte eine wegwerfende Handbewegung. »Ach, eben das Übliche. Meine Schwester nervt mit ihrem Instagram-und-YouTube-Stargehabe, und weil sich keiner traut, ihr das auch mal so zu sagen, muss ich mich in einer Tour blöd anquatschen lassen.«

Mila wollte etwas erwidern, da öffnete sich wie von Geisterhand das breite Rollgatter. Ein schneeweißer Land Rover kam auf den Hof gefahren, während das Gatter wieder langsam zuging.

»Das ist schon meine Mutter«, erklärte Kata.

»Oh, dann laufe ich schnell und hole mein Rad«, meinte Mila und wollte losrennen.

Doch Kata bremste sie: »Quatsch! Du musst das jetzt nicht holen. Man kann doch direkt mit dem Auto vor den Hauptstall fahren.«

»Ich möchte deiner Mutter aber nicht noch mehr Umstände bereiten«, erklärte Mila unentschlossen, blieb aber dann doch stehen.

Der Land Rover hielt direkt vor Kata und eine hochgewachsene, gertenschlanke Frau stieg aus. Sie hatte das gleiche rotblonde Haar wie ihre beiden Töchter, ihres jedoch zu einem kunstvollen Knoten am Hinterkopf zusammengesteckt. Bekleidet war sie mit einem eleganten blassrosafarbenen Hosenanzug mit halbem Arm, der ihrer eh schon hellen Haut einen noch feineren Touch verlieh.

Mila konnte sie nur anstarren und denken, was für eine Schönheit sie war, und dass sie wahnsinnig jung aussah, dafür dass sie schon zwei so große Töchter hatte.

»Hallo Schatz!«, begrüßte sie Kata und hauchte ihr ein Küsschen auf die linke Wange. »Silvio hat sich extra beeilt.«

»Schick siehst du aus«, fand Kata und musterte anerkennend die Frisur ihrer Mutter. »Steht dir echt gut, wenn du die Haare so zusammengesteckt trägst.«

Katas Mutter lächelte geschmeichelt. Dann wandte sie sich an Mila, die noch immer mit großen Augen dastand, und fragte: »Dann bist du also der Notfall?«

»Notfall?«, wisperte Mila.

Kata lachte. »Nö, Ma, der Notfall bin eigentlich ich. Ich kann nämlich auf gar keinen Fall mit Saskia fahren.«

Katas Mutter seufzte tief. »Ach, Kata, müsst ihr euch denn ewig streiten? Ihr seid doch Schwestern und solltet besser zusammenhalten.« Ihre eben noch so sanfte Stimme hatte nun einen wesentlich energischeren Ton angenommen und Mila kam es plötzlich in den Sinn, dass Katas Mutter bei aller Zartheit auch ganz anders konnte.

Kapitel 5

Mila hatte gerade die Haustür des Vierfamilienhauses aufgeschlossen, als sich oben im Treppenhaus eine Wohnungstür öffnete und die Stimme ihrer Mutter erklang: »Mila? Bist du das?«

»Ja, Mama!«

»Bist du mit dem Auto gekommen?«

Mila musste leise auflachen. Typisch ihre Mutter. Die Neugierde in Person. »Ich bin gleich oben, Mama, und dann erzähle ich dir alles.«

»Was machst du denn da unten so lange?«

»Ich bringe mein Rad in den Keller. Papa hat doch gesagt, ich soll es nicht im Treppenhaus lassen.«

»Ach so, ja, stimmt, du bist ja mit dem Rad … ähm, hast du nicht gerade gesagt, du bist mit dem Auto gekommen?«

»Gleich, Mama«, gab Mila zurück und schleppte schnell ihr Rad runter in den Gemeinschaftskeller.

Ihre Mutter stand noch immer in der geöffneten Wohnungstür und blickte ihr lächelnd entgegen, als Mila oben ankam.

»Jetzt bin ich aber gespannt«, sagte sie. »Wer hat dich denn nach Hause gebracht?« Und weil Mila nicht sofort antwortete, schob sie hinterher: »Ich weiß ja, dass ich mich auf dich verlassen kann, aber, Mila, du bist doch wohl hoffentlich zu keinem Fremden ins Auto gestiegen?!«

Mila machte große Augen. »Natürlich nicht! Katas Mutter war so nett und hat mich hergebracht.«

»Kata?«

In knappen Sätzen erzählte Mila ihrer Mutter von ihrem ersten Tag auf dem Gestüt Casparon, ließ jedoch dabei sicherheitshalber das ein oder andere unerwähnt. Zum Beispiel, wie schwer Ansgar von Bettner sie hatte schuften lassen, und auch, dass dieser unfreundliche Leo sie derart grob angefahren hatte, als er sie im Stall bei dem angeblich gestörten Pferd erwischt hatte. Schließlich kannte sie ihre Mutter, die es überhaupt nicht leiden konnte, wenn sich ihr gegenüber jemand blöd oder ungerecht verhielt.

»Sehr schön, dass du dich gleich mit jemandem auf dem Hof angefreundet hast«, freute sich Milas Mutter.

Doch Mila winkte ab. »Na ja, angefreundet, das weiß ich noch nicht. Kata und ihre Schwester haben Pferde auf dem Gestüt stehen, Mama. Eigene Pferde. Ich mache dort nur ein Praktikum.«

Die hellen Augenbrauen ihrer Mutter schnellten verwundert in die Höhe. »Und wo ist das Problem?«

Mila seufzte. »Das liegt doch wohl auf der Hand …«

Ihre Mutter zuckte mit den Schultern. »Mag sein, dass ich irgendwie wegen dem ganzen Umzugsstress auf der Leitung stehe, aber mir fällt wirklich kein Grund ein, warum du mit dieser Kata nicht befreundet sein könntest. Es sei denn, du magst sie nicht. Das wäre natürlich etwas anderes.«

Hilflos hob Mila die Hände, ließ sie gleich wieder fallen.

»Oder denkst du, nur weil Katas Familie sich Pferde und große Autos leisten kann und wir nicht, sind sie zu … na ja, gut, fein, was auch immer für dich?«

So, wie ihre Mutter das jetzt sagte, und vor allem, wie sie sie dabei ansah, kam sich Mila auf einmal ziemlich albern vor – doch insgeheim war es ganz genau das, was ihr durch den Kopf gegangen war.

»Mila, Schatz«, ihre Mutter zog sie in ihre Arme. »Es kommt nicht darauf an, ob man viel Geld hat oder eben gerade so viel, dass es reicht. Wichtig sind ganz andere Dinge im Leben.« Sie verpasste ihr einen schmatzenden Kuss mitten auf die Stirn. »Zum Beispiel, dass du eine Mutter hast, die genau weiß, was dein Lieblingsessen ist.«

Mila strahlte sie hoffnungsvoll an. »Hast du etwa Königsberger Klopse gemacht?«

Ihre Mutter nickte und prompt lief Mila das Wasser im Mund zusammen.

»Mama, du bist die Beste.«

»Ich weiß«, grinste Milas Mutter.

Mila eilte los. Doch weit kam sie nicht.

»Wo willst du denn hin?«

»Na ja, in die Küche. Königsberger Klopse essen.«

»Nö, Schatz, erst mal gehst du bitte unter die Dusche und ziehst dir saubere Klamotten an«, verlangte ihre Mutter. »Papa ist auch jeden Moment zu Hause. Dann essen wir alle zusammen.«

»Wenn's unbedingt sein muss«, murmelte Mila, während ihr Bauch nun tatsächlich knurrte.

Grinsend warf ihre Mutter ihr eine Kusshand zu. »Ja, Schatz, das muss es! Also, husch-husch ins Badezimmer mit dir.«

»Menno«, schmollte Mila nicht wirklich ernst gemeint und trottete davon.

Als Mila eine gute Stunde später frisch geduscht und mit einer großen Portion Königsberger Klopse mit Kartoffeln und weißer Soße im Magen satt und zufrieden auf ihr Bett sank, war sie sich sicher, sofort einzuschlafen. Doch dann lag sie eine halbe Ewigkeit wach, während die Bilder des Tages wie ein Kinofilm vor ihrem inneren Auge abliefen.

Und immer wieder war da dieses verstörte Pferd in dem dunklen Verschlag und Leo, wie er sie wütend anfunkelte.

***

Am nächsten Morgen war die Sonne lediglich hinter einer dichten grauweißen Wolkenschicht zu erahnen und dennoch herrschte schon frühmorgens eine unerträgliche Schwüle. Mila war heilfroh, dass sie nicht wieder mit dem Rad unterwegs, sondern in die Bahn gestiegen war. Die Fahrt bis zum Gestüt Casparon verlief wie von Kata beschrieben ohne Probleme, sodass Mila in weniger als dreißig Minuten ihr Ziel erreichte.

Karl begrüßte sie freundlich und erklärte ihr mit einem verschwörerischen Augenzwinkern, dass sie großes Glück habe. »Ansgar ist heute zusammen mit den Casparons den ganzen Tag bei einer Pferdeauktion.«

Einerseits war Mila ziemlich erleichtert darüber, dem strengen Regime des Gestütsleiters heute nicht gleich wieder ausgesetzt zu sein. Auf der anderen Seite hatte sie sich gestern Abend, kurz bevor ihr dann doch endlich die Augen zugefallen waren, fest vorgenommen, Ansgar von Bettner zu beweisen, dass

Susanne Kanne sie ihm aus gutem Grund empfohlen hatte: Sie kann zupacken und hat ein gutes Gespür für Pferde, findet stets einen Zugang zu ihnen, selbst wenn sie als schwierig gelten.

»Kann sogar sein, dass er morgen auch noch weg ist. Er hat gemeint, es kommt darauf an, wie es bei der Auktion so läuft. Eventuell ist nichts Gescheites dabei und dann fahren sie alle miteinander noch weiter zu einigen Züchtern.«

»Und was soll ich in der Zeit tun?«

Karl lachte polternd. »Da fällt uns bestimmt etwas ein.«

Er schaute die Stallgasse hinunter. In den Boxen standen noch über die Hälfte der Pferde und fraßen ihr Morgenheu. »Zum Beispiel müssen die jetzt noch alle raus auf die Weiden gebracht werden. Mein Stallgehilfe Jurek hat's im Kreuz und ich bin alleine damit.«

»Das heißt, ich darf sie mit dir zusammen rausbringen?« Mila bekam fast Schnappatmung, so unverhofft hatte sich das Blatt nun plötzlich für sie gewendet.

Karl schüttelte den Kopf. »Mir wär's recht, wenn du die restlichen Pferde hier aus dem Hauptstall allein rausbringen könntest, damit ich schon mal mit den Boxen anfangen kann. Danach gehst du bitte in die beiden Seitenställe und bringst auch dort die Pferde raus. Aber nur die, bei denen ein grünes Schild an der Boxentür hängt. Leo kommt auch gleich und hilft dir ein bisschen.«

Schwupp – und schon war es wieder vorbei mit dem Glücksgefühl.

»Ich schaff das auch allein«, versuchte Mila der Begegnung mit dem schroffen Jungen von gestern noch irgendwie zu entgehen.

Doch Karl blieb dabei. »Das glaube ich dir gerne, Mila. Aber ich habe keine Zeit, dir bei jedem Pferd zu sagen, in welche Weideherde es kommt und was du alles zu beachten hast. Das eine braucht eine Fliegendecke, das andere Hufglocken, das Nächste die volle Ausrüstung. Leo hat auch nicht alle Zeit der Welt, er muss wohl gegen elf Uhr rüber in die DreamLand-Studios. Aber ich bin froh, dass er dir vorher zur Hand geht. Zumal einige Pferde in die Führanlage gehen, und damit kennt er sich bestens aus.« Das klang endgültig und Mila sah ein, dass Karl, so nett er auch war, nicht länger mit ihr diskutieren würde.

Außerdem tauchte Leo schon auf der Bildfläche auf und murmelte: »Morgen.«

Mila blieb nichts anderes übrig, als seinen Gruß zu erwidern.

Karl klatschte laut in die Hände. »Dann woll'n wir mal!« – und weg war er.

In der nächsten Stunde hieß es, Boxentüren auf, Halfter und Fliegenhauben anlegen, auf den Schildern an den Türen nachschauen, worauf man bei dem jeweiligen Pferd achten musste, und dann eins nach dem anderen raus auf die unterschiedlichen Weideparzellen führen. Leo blieb die ganze Zeit über wortkarg. Er erklärte Mila lediglich, in welche Herde welches Pferd gehörte oder ob es in die Führanlage ging.

Als Mila schließlich das letzte Gatter geschlossen hatte und Leo noch immer vor sich hin muffelte, nahm sie ihren ganzen Mut zusammen.

»Wegen gestern noch mal, Leo, ich habe eigentlich nur nach Karl gesucht. Plötzlich stand ich vor dieser Box, und weil es hinter der Bretterwand so gekracht hat, wollte ich nachsehen. Wenn ich gewusst hätte, dass dieser Rashun total gestört ist, dann …«

»Wer hat das gesagt?«, fuhr er sie schroff an.

Mila war irritiert. »Ähm … unter anderem du.«

»Bestimmt nicht!«, behauptete Leo.

»Und ob du das gesagt hast. Ich hab doch keine Bohnen in den Ohren«, konterte Mila. »Und außerdem hat mir Nelly von Rashun erzählt und Kata hat gemeint, dass es gute Gründe gebe, dass er in diesem Verschlag steht. Allerdings fällt mir tatsächlich nicht ein einziger ein, der so eine Haltung rechtfertigen würde.«

Den letzten Satz konnte Mila sich einfach nicht verkneifen. Sie rechnete fest damit, dass Leo sie nun gleich wieder anranzen würde, doch es kam ganz anders. Seine eben noch so harten Züge wurden weicher, als er zugab: »Er tut mir schrecklich leid. Ich habe schon alles versucht, wirklich alles, damit die Casparons nicht länger auf den Schwachsinn hören, den Ansgar von sich gibt. Nur, wenn selbst mein Vater ihn schon abgeschrieben hat und der Meinung ist, jetzt ginge es nur noch darum, einen Ort zu finden, wo man Rashun unterbringen kann und nicht ständig Angst haben muss, dass er dort Mensch wie Tier Schaden zufügt, dann ist es beinahe aussichtslos.«

Nun war Mila vollends verwirrt. »Aber wir reden jetzt schon noch von einem Pferd, oder?!«

Leo nickte gedankenverloren. »Und was für eins.« Jetzt klang er richtig schwärmerisch und wurde geradezu redselig. »Rashun stammt von dem legendären Araberhengst Ghazal ab. Er hat ihm sozusagen als Ururururgroßvater seine Schönheit und seine einzigartige Eleganz vererbt.«

»Und warum sperrt ihr so ein wertvolles Traumpferd dann einfach weg? Was stimmt denn mit ihm nicht?« Mila verstand die Welt nicht mehr.

Gequält verzog Leo das Gesicht. »Er hat einem ziemlich bekannten Schauspieler gehört, der allerdings keine Ahnung von Pferden hat. Als er vor einiger Zeit hier auf dem Gelände der DreamLand-Studios gedreht hat, ist er zufällig mit meinem Vater ins Gespräch gekommen. Es stellte sich heraus, dass er Rashun am liebsten sofort wieder loswerden wollte, und mein Vater hat dann gemeint, dass wir ihn uns einfach mal angucken würden. Tja, und dann waren wir gleich so begeistert, dass wir ihn kaufen wollten.« Leo fuhr sich mit den Händen durch seine dunklen Haare, die wegen der Hitze im Nacken ganz feucht waren.

»Und was ist dann passiert? Offensichtlich hat es ja mit dem Kauf nicht geklappt.« Mila erinnerte sich, dass auf dem Boxenschild unter dem Punkt Besitzer der Name der Casparons stand.

Erneut verzog Leo das Gesicht. Nur diesmal ärgerlich. »Der Typ hat dann plötzlich viel mehr Geld für Rashun haben wollen, als eigentlich vereinbart war. Mein Vater wollte sich nicht erpressen lassen und ist vom Kauf zurückgetreten. Das haben wiederum die Casparons mitbekommen und Rashun kurzerhand gekauft. Damals waren sie noch wie mein Vater und ich davon überzeugt, dass aus Rashun ein erstklassiges Filmpferd werden könnte.«

»Ach so, und dann hat Rashun leider deutlich gemacht, dass er auf so etwas überhaupt keine Lust hat«, schloss Mila aus Leos finsterem Gesichtsausdruck.

Doch Leo schüttelte den Kopf. »Im Gegenteil, er bietet sich förmlich dafür an. Nur eben nicht mit den Methoden, mit denen Ansgar von Bettner meint, Pferde an die Arbeit als Filmtiere heranführen zu müssen. Er hat einfach nicht das geringste Gespür für sie und erst recht nicht für so ein vollblütiges und hochsensibles Pferd wie Rashun.«

Mila ließ sich mit dem Rücken gegen den breiten Zaunpfahl sinken. Ihr fehlten die richtigen Worte, weil sie unentschlossen war, was sie glauben sollte. Von Karl wusste sie, dass Herr von Bettner wohl erstklassige Referenzen aufzuweisen hatte, und Susanne Kanne hätte ihr den Praktikumsplatz doch nicht besorgt, wenn dieser von Bettner keine Ahnung von Pferden hatte. Und nun stand da Leo und behauptete, dass der Gestütsleiter mit fragwürdigen Methoden arbeitete.

»Ich habe im Internet gelesen, dass er bereits mit zweiundzwanzig Jahren das Goldene Reitabzeichen bekommen hat«, entschied Mila sich schließlich zu sagen.

Leo schnaubte verächtlich. »Und du meinst, nur weil das im Internet irgendwo so steht, ist er gleich ein Pferdeflüsterer?«

Unschlüssig zuckte Mila mit den Schultern. »Nein, das wollte ich damit nicht sagen. Nur … na ja, er muss mindestens zehn Siege in S-Prüfungen vorzuweisen haben. Ich denke halt, dass das nicht möglich gewesen wäre, wenn er nicht mit Pferden umgehen kann.«

Leo sah sie einen Moment schweigend an und Mila hatte das Gefühl, unter seinem Blick regelrecht zu schrumpfen.

Gerade als sie dachte, jetzt werde sie gleich zur Ameise, kamen Nelly und Kata angeschlendert.

»Hey, hier steckst du also!«, rief Kata erfreut.

Mila dachte, sie wäre gemeint, und gab zurück: »Ich habe mit Leo die Pferde auf die Weide gebracht.«

Kata schüttelte den Kopf. »Sorry, Mila, ich habe Leo gesucht ...«

Mist! Schon stieg Mila die Röte ins Gesicht. Hatte sie wirklich gedacht, nur weil Katas Mutter sie gestern nach Hause gefahren hatte, wären sie jetzt gleich so was wie befreundet?

»Okay, ich muss jetzt sowieso langsam mal zu Karl und ihm beim Misten helfen«, murmelte Mila mit gesenktem Blick und wollte davoneilen.

Doch Kata hielt sie am Arm fest. »Wann machst du denn heute Mittagspause?«

»Darüber habe ich mir noch keine Gedanken gemacht«, gab Mila ehrlich zu. Gestern war an Mittagspause gar nicht zu denken gewesen, so wie Ansgar von Bettner sie hin- und hergescheucht hatte.

»Wäre dir ein Uhr recht? Dann sind Nelly und ich bestimmt wieder zurück und können dir ein wenig Gesellschaft leisten.«

»Echt?«, hauchte Mila.

Kata nickte. »Also, natürlich nur, wenn du nichts Besseres vorhast.«

»Hab ich nicht!«, beeilte sich Mila zu sagen.

»Okay, dann lass uns einfach hier hinten am Bachlauf bei der ersten Bank treffen. Laut Wettervorhersage auf meinem Handy soll gegen Mittag die Sonne doch noch rauskommen. Dann legen wir uns ein bisschen ins Gras und chillen.«

»Super!«, rief Mila, während ihr Herz sich vor Freude fast überschlug.

***

»Jetzt war ich schon so oft hier auf dem DreamLand-Gelände, habe bei einigen Drehs zugeguckt und noch immer ist es so, als hätte ich 'ne Ameisengroßfamilie im Bauch«, sagte Nelly, während sie sich bei Kata einhakte.

Kata nickte. »Geht mir ganz genauso.«

Nelly klimperte aufgeregt mit den Wimpern. »Ich find's halt immer spannend, weil man nicht weiß, ob vielleicht gleich irgendein Superstar um die Ecke geschlendert kommt.«

»Wovon heute eher nicht auszugehen ist«, wusste Kata. »Leo hat gemeint, die würden sich nur kurz besprechen. Also wegen der Stunts und so.«

»Okay.« Nelly verzog enttäuscht das Gesicht. »Ich dachte, die drehen.«

»Nö, hab ich auch so nicht gesagt, Nellychen«, stellte Kata klar.

»Dann war das wohl Wunschdenken.« Und nach einer kleinen Pause fügte sie hoffnungsvoll hinzu: »Vielleicht verirrt sich ja doch irgendein Schauspieler zu der Besprechung der Stuntleute.«

Kata zuckte mit den Schultern. »Tja, schaun wir einfach mal.«

»Was wird denn überhaupt gedreht?«

Abrupt blieb Kata stehen und sah ihre Freundin verblüfft an. »Nelly, das ist jetzt echt nicht dein Ernst.«

»Ähm … doch«, gab Nelly unsicher zu.

Kata schüttelte den Kopf. »Hallo! Wovon rede ich jetzt schon seit Wochen? Hörst du mir eigentlich nicht zu?«

»Doch … klar. Aber, Kata, ehrlich, du hast zwar gesagt, dass wir Leo demnächst wieder bei einigen Stunts zuschauen können, weil er für irgendeine Filmproduktion gebucht wurde, nur um was genau es sich handelt …«

»Die drehen hier einen großen Dreiteiler«, fiel Kata ihr ins Wort. »Leos Stunts sind alle zu Pferd. Darum trainieren er und sein Vater doch schon seit Wochen mit den Filmpferden. Nelly, echt, jetzt sag nicht, davon hörst du heute zum ersten Mal!«

Nelly zuckte vorsichtig mit den Schultern. »Ich schwöre es dir, Kata, ich …« Sie brach ab, weil sie das Lachen nicht länger unterdrücken konnte.

»Ihhh«, rief Kata und fegte Nellys Hand empört von

ihrem Arm. »Du veräppelst mich und ich blöde Kuh falle auch noch darauf rein.«

Nelly bog sich vor Lachen. »Dein Gesicht … zu gut«, juchzte sie. »Du redest doch seit einer halben Ewigkeit nur von Leo … äh, von Leo und ja, äh, von Leo und natürlich, ähm … ach ja, dass Leo demnächst wieder bei einem Film mitmachen wird. Ich müsste schon taub sein, wenn ich das nicht mitbekommen hätte.«

Kata streckte ihr die Zunge heraus und wandte ihr dann demonstrativ den Rücken zu. »Doofe Nuss«, murmelte sie und musste dann selbst lachen.

Kapitel 6

Nelly lag mit dem Rücken im Gras und sah den Flugzeugen am Himmel nach und den Kondensstreifen, die sie hinter sich ließen.

»Ich würde jetzt auch gerne in einem Flugzeug sitzen«, seufzte sie. »Am liebsten würde ich nach Schweden fliegen. Aber an Urlaub ist momentan nicht zu denken.«

»Tja«, seufzte Kata, »so unterschiedlich kann es sein. Ich bin heilfroh, dass wir diesen Sommer mal zu Hause bleiben, weil meine Eltern zurzeit so viel zu tun haben. Dafür geht es in den Herbstferien nach Florida.«

Verstohlen musterte Mila die beiden Mädchen. Schweden. Florida. Eigene Pferde. Teure Reitklamotten – zwischen dem Leben, das Kata und Nelly führten, und ihrem lagen Welten.

»Was ist denn dein Lieblingsferienland?«, wollte Nelly jetzt auch noch von ihr wissen.

»Na ja …«, begann Mila zögerlich. »Ich bin gerne am Wasser.«

Kata lachte. »Wer nicht! Aber wo genau? Am türkis schimmernden Pazifik oder an Nellys heiß geliebter stürmischer Ostsee?«

»Ich liebe die Schärengärten in Nordschweden, um es genau zu sagen«, verbesserte Nelly sie.

»Wenn ich ehrlich bin, na ja, meine Eltern sind nicht so reich wie eure. Also, ich kann es nicht sagen, weil ich bisher nur in Dänemark im Urlaub gewesen bin. Und ein paarmal in Dunen an der Nordsee. Da hat es mir auf jeden Fall gut gefallen.«

Nelly betrachtete sie mit verwunderten Augen. »Wie kommst du darauf, dass meine Eltern reich sind?«

Mila pflückte einen Grashalm ab und begann, ihn zwischen Daumen und Zeigefinger hin- und herzudrehen. »Du hast ein eigenes Pferd und das steht auf einem exklusiven Hof …«

Nelly schüttelte den Kopf. »Ja, aber reich ist meine Mutter deshalb noch lange nicht. Wir wohnen bei meinen Großeltern im Dachgeschoss und mein Vater ist schon seit einer halben Ewigkeit nicht mehr bei uns.« Sie knuffte Kata grinsend in die Seite. »Hier gibt es nur ein reiches und verwöhntes Gör, nicht wahr, Kata?«

Die verzog das Gesicht zu einer Grimasse und zeigte Nelly einen Vogel. »Bestimmt nicht!«

Versöhnlich legte Nelly ihr den Arm um die Schulter. »Schon gut, Süße, du bist zwar der jüngste Spross einer der erfolgreichsten und wohlhabendsten Immobilienmakler-Familien der Stadt, aber kein bisschen eingebildet, zickig oder sonst wie bescheuert.«

Kata nickte zufrieden. »Das wollte ich hören. Und ich möchte bitte nicht mit meiner tollen großen Schwester verwechselt werden, die gerade so ätzend erfolgreich mit ihren Social-Media-Accounts durchstartet und deshalb auf einem ganz anderen Planeten lebt als der unbedeutende Rest der Menschheit. Insbesondere ihre dumme kleine Schwester, die bei Insta tatsächlich nur dreihundert Follower hat.« Kata äffte ihrer Schwester nach und schüttelte dann genervt den Kopf. »Boah, wie die mir damit auf den Geist geht. Total unterirdisch und nicht zum Aushalten.«

Nelly winkte ab. »Ach, lass dich doch von Sasi nicht ärgern. Soll sie doch der Superstar sein und damit angeben, bis sie grün wird. Ich möchte bestimmt nicht mit ihr tauschen. Mein komplettes Leben im Internet zu präsentieren, immer nur daran zu denken, was für ein Foto ich machen oder welche Story ich noch erzählen könnte, damit mir die Follower auch ja schön weiterhin folgen, nö, das ist eher eine Strafe als Glück, finde ich.«

Kata zuckte mit den Achseln. »Sie verdient sogar richtig Geld damit …«, gab sie zu bedenken.

»Worauf sie aber bestimmt nicht angewiesen ist«, erinnert Nelly ihre Freundin. »Deine Familie schwimmt in Geld.«

Kata schüttelte verlegen den Kopf. »Na ja, so ist es nun auch wieder nicht«, wiegelte sie ab.

»Doch, Kata, ganz genauso ist es!«, blieb Nelly dabei. »Aber das ist ja auch absolut kein Grund, sich zu schämen oder so. Genauso wenig wie ich mich schämen muss, dass meine Eltern geschieden sind und ich mir Showgirl nur leisten kann, weil meine Großeltern uns kostenlos bei sich im Haus wohnen lassen.« Nelly schnappte nach Luft, bevor sie sich an Mila wandte, die die ganze Zeit nur schweigend zugehört hatte. »Und was dich betrifft, Mila, ich finde, es ist völlig egal, ob man Kohle hat oder nicht. Auf den Charakter kommt es an. Das ist wichtig, das ist das, was zählt.«

Mila sah sie grinsend an. Zumal ihre Mutter gestern etwas ganz Ähnliches zu ihr gesagt hatte. »Und denkst du, meiner ist okay? Also, im Großen und Ganzen?«

»Wir kennen uns zwar erst seit gestern, aber ja, ich denke, du bist sogar sehr okay.« Nelly kniff die Augen zusammen und schob dann mit einem schelmischen Grinsen hinterher: »Wenn auch ziemlich chaotisch und irgendwie echt durchgeknallt. Aber so was mögen wir ja. Stimmt's, Kata?«

Kata nickte und Mila lief prompt ein warmer Glücksschauer über den Rücken. Der zweite Tag auf dem Gestüt Casparon und schon hatte sie zwei Freundinnen gefunden. Besser hätte es eigentlich für sie nicht laufen können. Die Sonne schien warm auf sie herunter, das zufriedene Schnauben der Pferde auf den Weiden war zu hören, sie chillte mit zwei wirklich coolen Mädchen im Gras und würde heute und vielleicht sogar auch morgen Ansgar von Bettner nicht zu Gesicht kriegen.

O ja, es lief, und zwar richtig gut. – Wenn da nicht diese Sache mit dem Pferd gewesen wäre, die ihr einfach nicht mehr aus dem Kopf gehen wollte.

»Ich weiß, du hast gesagt, dass ich mich da raushalten soll, Nelly. Dass mich das nichts angeht«, begann sie vorsichtig und schaffte es kaum, Nelly dabei ins Gesicht zu blicken. »Aber … na ja, ich muss immer an das Pferd, an diesen Rashun, denken. Vorhin hat Leo auch ein wenig von ihm erzählt. Er scheint fix und fertig zu sein, weil Rashun in diesem Verschlag stehen muss. Ich dachte mir, also, ist es nicht vielleicht möglich, dass wir das Pferd da rausholen?«

Nelly und Kata starrten sie ungläubig an.

»Wenn du im hohen Bogen vom Hof fliegen willst«,

sagte Kata schließlich mit fast schon schroffer Stimme, »dann bitte schön, öffne die Boxentür und riskier es!«

Nelly hingegen war echt erstaunt: »Leo hat dir von Rashun erzählt? Oder behauptest du das jetzt einfach nur so? So richtig kann ich das nämlich nicht glauben.«

Nun war es Mila, die meinte, sich verhört zu haben. »Was? Nein, warum sollte ich? Bestimmt nicht!«

»Na ja, weil Leo eigentlich nie über Rashun und den Grund dafür, warum der junge Hengst im Verschlag gelandet ist, spricht. Und erst recht nicht mit Fremden.«

»Zumal er mir erst gestern noch gesagt hat, dass er dich bei Rashuns Box erwischt hätte, und darüber ziemlich sauer war«, pflichtete Kata Nelly bei.

Mila hob hilflos die Hände und ließ sie wieder fallen. »Ich weiß nicht, warum er seine Meinung geändert und mir von Rashun erzählt hat. Fakt ist, er klang sehr unglücklich, und ich finde es einfach nur schlimm, dass das Pferd in diesem dunklen Verschlag eingepfercht steht und keiner etwas dagegen unternimmt.«

Kata und Nelly schauten Mila an, als ob sie beide gerade zutiefst bereuten, ihr die Freundschaft angeboten zu haben.

»Sorry, Mila, aber das muss ich mir echt nicht geben«, sagte Kata ziemlich barsch und stand abrupt aus dem Gras am Koppelrand auf. »Du bist den zweiten Tag auf dem Hof und willst uns jetzt einen Strick daraus drehen, dass wir nicht versuchen, Rashun aus dem Verschlag zu befreien.«

»So habe ich das doch gar nicht gemeint«, versuchte Mila zu erklären und sprang ebenfalls auf. »Ich wollte doch nur …«

»Vergiss es!«, zischte Kata. »Ich bin dann mal weg.«

Bevor Mila sie daran hindern, sich entschuldigen oder noch mal betonen konnte, dass sie bestimmt nicht Kata oder Nelly dafür verantwortlich machen wollte, war Kata schon mit energischen Schritten davongerauscht.

Nelly rappelte sich nun ebenfalls vom Boden auf. »Tja, Mila, das nenn ich jetzt mal direkt ins Schwarze getroffen.« Sie kratzte sich am Kinn. »Ich möchte mich da eigentlich raushalten. Aber es ist wohl besser, dich mit einigen nicht ganz unwichtigen Hintergrundinfos zu versorgen, bevor du ins nächste Fettnäpfchen trittst. Kata ist es gewesen, die von Rashun *angegriffen* wurde. Sie hat glücklicherweise nur eine leichte Gehirnerschütterung und eine Beule am Hinterkopf davongetragen. Daraufhin hat allerdings Ansgar in Absprache mit den Casparons angeordnet, dass der Hengst weggesperrt wird, weil er gemeingefährlich ist. Kata ist total gefrustet deswegen, denn das wollte sie bestimmt nicht. Zumal Leo schrecklich darunter leidet …« Nelly legte eine kurze Pause ein, in der sie sich nach allen Seiten umschaute, als ob sie sichergehen wollte, dass niemand sie belauschte. »Ich verrate dir jetzt ein Geheimnis, das du aber bitte für dich behälst, Kata ist ein bisschen in Leo verschossen. Dass sie nun ausgerechnet Schuld daran hat, dass sein Lieblingspferd weggesperrt wurde, bis sich irgendein Käufer findet oder im schlimmsten Fall Rashun zum Schlachter kutschiert wird, wurmt sie natürlich sehr.«

»O weh, das … das wusste ich natürlich nicht.« Mila war richtig elend zumute. Verdammt, warum hatte sie nicht einfach den Mund gehalten?! Schon so oft war ihr dieses Losplappern, ohne zuvor nachzudenken, zum Verhängnis geworden.

»Wenn ich doch nur nichts gesagt hätte …«, wisperte sie geknickt.

Nelly legte ihr die Hand auf die Schulter. »Schon gut, ich versteh dich ja. Und was Kata betrifft, lass sie einfach heute in Ruhe. Die kriegt sich schon wieder ein. Sie weiß, dass du es nicht so gemeint hast. Also, Mila, Kopf hoch und vergiss bitte Rashun. Leo und sein Dad und auch einige andere hier auf dem Hof haben wirklich schon alles Mögliche versucht. Doch Ansgar ist superstur in dieser Angelegenheit und hat die Casparons klar hinter sich.«

Mila rieb sich die Nase. »Ja, ich versuche es.«

»Gut so«, fand Nelly. »Ich muss jetzt nach Hause

und du wohl langsam zurück in den Stall. Karl hat garantiert noch ein paar nette Aufgaben wie Misten, Fegen, Spinnwebenentfernen und so weiter für dich.«

»Ja, du hast recht. Karl vermisst mich bestimmt schon.«

Grinsend knuffte Nelly Mila in die Seite und zusammen marschierten sie zurück zu den Stallungen.

»Bis morgen dann, Mila. Und wie gesagt, vergiss den kleinen Streit mit Kata. Morgen sieht sie das Ganze bestimmt nicht mehr so eng.«

»Hoffentlich«, murmelte Mila.

Sie blickte Nelly noch einen kurzen Moment mit gemischten Gefühlen hinterher, wie sie schwungvoll und mit wippendem Pferdeschwanz das Gestüt verließ.

Als Mila dann einige Zeit später selbst den Heimweg antrat, lag trotz des kleinen Streits mit Kata ein wesentlich schönerer Praktikumstag hinter ihr als der erste.

Karl war wirklich nett und hatte sie alles andere als überfordert. Außerdem war er ein richtig erfahrener Stallmeister. Er wusste unheimlich viel über Pferde und ihre Haltung und hatte sogar knapp zehn Jahre in Balmoral, der Sommerresidenz der englischen Queen in den kargen schottischen Highlands, als zweiter Stallmeister gelebt und gearbeitet.

Es war irrsinnig interessant und spannend gewesen, seinen kleinen Anekdoten zu lauschen, und dementsprechend beschwingt lief Mila nun auch zur Haltestelle.

Und trotzdem, oder vielleicht gerade deshalb, weil Karl so ein erfahrener Pferdemann war, tobte in Mila ein Sturm. Ach was, es war mindestens ein Orkan. Dieser Rashun, dieses Pferd in dem Verschlag, nein, Mila konnte es nicht aus ihren Gedanken verbannen. Sie wollte ihm dort raushelfen, seinem Elend ein Ende bereiten.

Wie genau sie das anstellen würde, das wusste sie zwar noch nicht, aber Mila war sich sicher, dass ihr bestimmt noch etwas einfallen würde. Sie musste nur lange genug darüber nachdenken.

Kapitel 7

Am nächsten Tag war Ansgar von Bettner tatsächlich noch nicht wieder von seiner Pferdetour mit den Casparons zurück.

Karl hatte blendende Laune, und nachdem Mila zusammen mit Jurek die Pferde auf die Weiden gebracht hatte, nahm er sie mit auf das Gelände der DreamLand-FilmStudios.

»Cliff hat mich darum gebeten, drei Pendelboxen am Set aufzustellen. Das Pferd, um das es in dem Film geht, wird gleich von drei verschiedenen Pferden aus unserem Stall gespielt. Manchmal muss der Wechsel so schnell gehen, dass es besser ist, die Tiere am Drehtag direkt vor Ort aufzustallen«, erklärte Karl.

Mila saß neben ihm im Fahrerhäuschen des Traktors. Hinten im Anhänger befanden sich die mobilen

Teile, aus denen man laut Karl im Handumdrehen drei Pferdeboxen bauen konnte.

»Drei Pferde spielen eins?«, staunte Mila. »Wie geht das denn? Ich meine, sehen die dann tatsächlich alle drei komplett gleich aus?«

Karl lachte polternd. Obwohl er so klein und drahtig war, verfügte er über eine Stimmgewalt, die man eher bei einem großen und breitschultrigen Seefahrer vermutet hätte.

»In diesem Fall haben es sich die Filmleute ganz einfach gemacht. Das Pferd ist ein Rappe ohne Abzeichen. Das heißt, zwei der Filmpferde sind eh schon schwarz und das dritte hat nur eine weiße schmale Blesse, die mit etwas schwarzer Farbe einfach unsichtbar gemacht wird«, verriet Karl.

»Aber es ist doch nicht nur die Farbe«, fand Mila. »Die Pferde sind doch auch unterschiedlich gebaut. Schweif, Mähne, Größe ... ich stelle es mir wirklich schwierig vor, drei völlig identische Pferde hinzubekommen.«

»Mila, beim Film ist einfach alles möglich, glaub es mir. Spätestens bei der Nachbearbeitung des Filmmaterials bügeln die das dann am Computer alles aus. Im letzten Jahr hatten wir hier zum Beispiel mehrere Pferde unterschiedlicher Farbe und Rasse, die allesamt einen Dunkelfuchs spielten. Am Ende hast du keinen Unterschied mehr gesehen.«

»Okay«, staunte Mila. »Klingt ja irre spannend.«

Karl verzog das Gesicht. »Ja, ist es bestimmt auch, und Cliff ist einer der besten Tiertrainer und Stuntmen, den ich kenne. Der hat einfach ein gutes Händchen für die Pferde am Set. Und Leo ist auf dem besten Weg, seinem Vater echte Konkurrenz zu machen. Wobei er ja eher auf die etwas wilderen Stunts steht.«

Und warum lasst ihr erfahrenen Pferdemenschen dann alle miteinander den armen Rashun in dem Verschlag stehen?, lag es Mila schon auf der Zunge. Doch sie konnte sich gerade noch beherrschen.

»Aber meine Welt ist das trotzdem nicht«, fuhr Karl mit einem Augenzwinkern fort. »Ich kann diesem ganzen Glitzer-und-Glamour-Rummel nichts abgewinnen.«

Mila zuckte mit den Schultern. »Kann ich nicht beurteilen. Schließlich bin ich das erste Mal an einem echten Filmset.«

Karl lachte sein polterndes Lachen. »Ich hab schon gesehen, Mila, dass du dich ein bisschen mit Nelly und Kata angefreundet hast. Die beiden sind ja ganz verrückt, wenn sie mal bei einem Dreh oder einem Stunt zusehen können. Ich schätze, sie werden dich ruckzuck damit anstecken.«

»Und wäre das so schlimm?«, fragte Mila.

»Nö! Solange es den Tieren dabei gut geht.«

Okay, das ist quasi der Wink mit dem Zaunpfahl,

dachte sich Mila. Karl hat das Thema von sich aus angesprochen.

»Rashun ging es nicht gut bei dem Training. Deshalb ist er jetzt so … gefährlich?«

»Daran hat der Herr Von-und-zu höchstpersönlich Schuld«, gab Karl knapp zurück. Es war mehr als offensichtlich, dass er sich nicht hinreißen lassen würde, noch mehr zu diesem Thema von sich zu geben. Das kapierte selbst Mila.

Als Karl schließlich das Gespann am Rande einer wild bewucherten Fläche auf dem Gelände der Filmstudios anhielt und sich schnell einige Mitarbeiter fanden, die beim Abladen der Elemente behilflich waren, konnte Mila nichts von dem erwarteten Glanz und Glamour entdecken. Keine Superstars, nicht einmal irgendwelche Komparsen waren zu sehen.

»Hm … hab ich mir irgendwie anders vorgestellt«, gab Mila zu. »Spannender …«

»Jetzt wird ja auch noch nicht gedreht«, erklärte ihr Karl. »Du musst mal Leo oder deine beiden neuen Freundinnen fragen, wann es was Interessantes zu sehen gibt, und dich dann von ihnen mitnehmen lassen.«

Mila nickte. »Ja, das werde ich machen.« Wobei sie nicht einmal wusste, ob sie überhaupt noch zwei neue Freundinnen hatte.

Nachdem sie die Pendelboxen mit vereinten Kräften aufgebaut hatten und Karl alle drei mit Sägespänen eingestreut und Heu im Netz an den Seitenwänden aufgehängt hatte, ging es auch schon wieder zurück aufs Gestüt.

Am Anbindebalken vor dem Hauptstall waren Kata und Nelly gerade dabei, ihre Pferde Fly und Showgirl zu satteln.

»Wir wollen 'ne Runde ins Gelände gehen«, erklärte Nelly nach einer kurzen Begrüßung. »Heute ist es ja nicht ganz so heiß, das müssen wir ausnutzen.«

Kata klopfte Mila freundschaftlich auf die Schulter. »Echt schade, dass du nicht mitkommen kannst. Am Wochenende, wenn du freihast, versuche ich mal meine Schwester zu überreden, dass ich ihre En Vogue, genannt Ellie, reiten darf. Dann gebe ich dir Fly und du kommst endlich mal wieder aufs Pferd, okay?« Mila nickte begeistert. Unendlich erleichtert, dass Kata ihr tatsächlich die Sache von gestern nicht länger übel nahm.

Der Vormittag verging wie im Flug, und da Karl noch einen wichtigen Arzttermin am Nachmittag hatte, gab er Mila schon kurz nach eins frei. Kata und Nelly waren von ihrem Ausritt zurück und gemeinsam in die Stadt zum Eisessen gefahren. Das Gestüt schien menschenleer und Mila beschloss, sich Rashun endlich näher anzugucken. Sie musste ihn einfach sehen, um sich dann eine eigene Meinung bilden zu können.

Der Schimmel war ziemlich groß für einen Vollblutaraber, die in der Regel nicht viel mehr als ein Stockmaß von um die 1,60 Meter erreichten. Mila hatte nicht lange gefackelt und den Moment genutzt, in dem er noch nicht wirklich mitbekommen hatte, dass jemand vor seiner Box war, und schnell die Tür einen Spalt weit aufgezogen.

Und da stand es nun, dieses ach so gemeingefährliche Pferd, völlig erstarrt in der hintersten Ecke seiner schlecht gemisteten Box. Es hatte Angst, so, wie es den Schweif eingeklemmt hielt und das Weiß im Auge zeigte.

Mila tastete in ihrer Hosentasche nach einem Leckerli und ärgerte sich im nächsten Moment über sich selbst, weil sie so dumm gewesen war und nicht daran gedacht hatte, welche einzustecken.

Stattdessen fand sie einen Streifen Kaugummi. Die Hand noch immer in der Hosentasche, fummelte sie den Streifen aus der Verpackung und hielt nun nur noch das Silberpapier in der Hand.

Vorsichtig betrat Mila die Box. Sie war sich sicher, absolut sicher, dass Rashun ihr nichts tun würde. Mila spürte es mit jeder Faser ihres Körpers, dass von dem Schimmelhengst keinerlei Gefahr ausging.

»Hallo Rashun«, flüsterte sie. »Schön, dich endlich kennenzulernen.«

Vier Pferdebeine staksten noch weiter rückwärts

zur Wand. Mila zwirbelte das Stanniol zwischen ihren Fingern. Sie sah, wie der Hengst auf das Geräusch reagierte, die Ohren spitzte, und machte eine Pause. Rashun zuckte zusammen, als er mit dem Hinterteil die schmutzige Betonwand berührte, und wurde unruhig, weil ihm wohl bewusst wurde, dass es nicht noch weiter zurückging.

Behutsam lockte Mila ihn weiter, indem sie leise zu ihm sprach und dabei das Stanniolpapier knistern und glänzen ließ. Und tatsächlich, jetzt konnte er nicht länger widerstehen und machte den Hals lang. Mila traute sich noch zwei weitere kleine Schritte und stand neben ihm. Behutsam tätschelte sie ihm den Hals.

»Du sollst ein Verbrecher sein?«, sagte sie mit leiser Stimme. »Das halte ich aber für ein Gerücht.«

Rashun machte den Hals krumm und beäugte Mila mit sonderbarem Blick. Nicht mehr ängstlich, aber auch nicht entspannt – abwartend. Ja, das passte am besten. Als würde er abwarten, was jetzt als Nächstes mit ihm geschah.

»Was ist los mit dir, du schöner Junge? Was ist dein Geheimnis? Warum stehst du hier, bist angeblich lebensgefährlich für Mensch und Tier und in Wirklichkeit so schüchtern und sanft, dass man sich einfach nur wundern kann?«

Rashun wieherte dunkel.

»Das ist dir selbst ein Rätsel, was?!« Mila nahm die Hand etwas höher und kraulte ihn hinter dem linken Ohr. Er ließ es geschehen, sogar als sie das Ohr direkt berührte, es schließlich umfasste und leicht knetete.

»Okay, das mit dir ist eine riesengroße Lüge«, war sich Mila jetzt absolut sicher. »Ich weiß nicht, was vorgestern in dich gefahren ist, dass du so wild in deiner Box getobt hast, aber ich weiß, dass du ganz bestimmt nicht gefährlich bist.«

Irgendwo knarrte eine Tür. Es schien so, als würde jemand den Stall betreten.

Mila hatte Rashuns Box schon wieder verlassen und stand auf der betonierten Gasse, als ein Mann und eine Frau auftauchten.

»Hallo!«, grüßten beide freundlich zu ihr rüber.

»Hallo. Ich … ich, na ja, ich habe gerade Bella von der Weide geholt«, flunkerte sie, mit Blick auf die Stalltafel an der Box schräg gegenüber. Tatsächlich hatte sie Bella heute weder rausgestellt noch wieder reingeholt. Karl ließ sie nicht in diesen kleinen Abzweig vom Hauptstall. Das hier war Jureks Aufgabenbereich.

Doch das Paar, das nun zwei nebeneinanderliegende Boxen öffnete, um einen Fuchs und einen Rappen herauszuholen, gab sich mit der Erklärung zufrieden.

»Bist du Ansgars neue Praktikantin?«, fragte die Frau,

während sie ihren Fuchs anband und damit begann, ihn zu putzen.

Mila nickte. »Ja, die bin ich.« Dann verließ sie eilig den kleinen Trakt, bevor das Paar ihr irgendwelche unangenehmen Fragen stellen konnte.

Draußen rannte sie ausgerechnet Saskia direkt in die Arme.

»Soso, und du meinst also, es ist eine gute Idee, auf einem Hof, wo Pferde zu Hause sind, zu rennen, was?«

»Nein, ähm, nein, bestimmt nicht«, stammelte Mila.

»Und warum tust du es dann?«, bohrte Saskia weiter. Doch bevor Mila antworten konnte, hatte sie schon eine wegwerfende Handbewegung gemacht. »Geschenkt! Ist eh nur semi-interessant für mich. Aber wo du gerade da bist: Ich muss ein Video drehen und meine Assistentin lässt mich hier schon eine Ewigkeit warten.« Damit drückte sie der völlig perplexen Mila ihr Smartphone in die Hand und sagte: »Du musst nur auf den schwarzen Punkt drücken. Aber kontrollier auch, dass es wirklich aufnimmt. Ich habe keinen Bock, das Ganze gleich noch mal von vorne zu machen.«

Sie trat ein paar Schritte zurück. Glättete sich mit beiden Händen ihr eh schon superglattes und wie Seide schimmerndes Haar und verzog schließlich ihr Gesicht zu einem riesengroßen Strahlen.

»Und los!«, rief sie Mila zu, ohne dabei ihre Mimik

zu verändern. Mila war so überrumpelt, dass sie widerstandslos die Aufnahme startete.

»Hallo, meine Lieben!«, legte Saskia mit superfröhlicher und gekünstelter Stimme los. »Ich habe euch ja versprochen, dass ich heute noch mal kurz von mir hören und sehen lasse. Gerade bin ich noch schnell En Vogue geritten, die einfach nur traumhaft gegangen ist. Dieser Lehrgang bei Stefan Altebünger wirkt noch immer so genial nach, ich bin völlig geflasht. Unter dem Beitrag verlinke ich den guten Stefan natürlich für euch, falls ihr euch und euren geliebten Pferdchen mal was richtig Gutes gönnen wollt. Jetzt werde ich gleich noch Rasmiro eine lockere Runde bewegen und dann düse ich ab zu … zu … na, erratet ihr es?« Saskia legte eine kurze theatralische Pause ein, in der sie ihr Gesicht zu einem geheimnisvollen Lächeln verzog, und rief schließlich superhappy aus: »JAAA! Genau! Ich bin heute Gast im Animolo-Store. Wow, ich freue mich toootal. Also, ihr Süßen, seid gespannt, was ich euch mitbringe. Ihr werdet es natürlich spätestens morgen in meiner Story sehen können. Vielleicht ist die neue Reitkollektion aber auch so genial, dass ich euch nachher noch einen kurzen Einblick gewähre. Aber okay, schaun wir mal. Bye-bye, ihr Lieben, sagt eure Sasi.«

Saskias übertriebenes Strahlen begann zu bröckeln, als sie Mila das Zeichen gab, die Aufnahme zu beenden.

»Okay, das war's«, sagte sie nun ohne jegliche Freundlichkeit. »Zeig mal, ob es was geworden ist!« Sie entriss Mila das Smartphone und begutachtete das Video. »Is einigermaßen okay. Nichts Geniales, aber vielleicht reicht es ja für 'ne Instastory. Muss ich halt heute Abend dann doch noch mal was Größeres machen.«

Sie wandte sich um und marschierte mit Blick auf ihr Handydisplay ohne ein weiteres Wort davon.

»Äh, ja, gern geschehen, Saskia. Keine Ursache. Echt nicht. Bedank dich bloß nicht!«, rief Mila ihr ironisch hinterher.

Saskia blieb stehen und warf Mila einen überraschten Bick zu. »Hab ich doch. Ich hab laut und deutlich zu dir gesagt, es ist einigermaßen okay.«

»Ach so, na, dann bin ich ja erleichtert«, gab Mila zurück. Saskia war echt nicht wahr. »Übrigens, zum Stall geht es in die andere Richtung.«

»Hä?«, machte Saskia. »Was willst du?«

Mila hob leicht die Hände. »Du hast doch gerade im Video gesagt, dass du jetzt noch eine lockere Runde mit Rasmiro drehen willst.«

Saskia lachte hell auf. »Hast du 'nen Knall? Ich setz mich doch bei so einem warmen Wetter nicht aufs Pferd. Dann verläuft mir das ganze Make-up. Total verschwitzt und ungestylt tauche ich bestimmt nicht im Animolo-Store auf. Aber was erzähle ich dir das eigentlich, geht dich sowieso nichts an.« Damit setzte sie ihren Marsch fort und düste kurz darauf in ihrem Mini vom Hof.

Mila stand da und konnte nur denken: willkommen auf Gestüt Casparon. Hier werden Pferde als angeblich gemeingefährliche Monster in dunkle Verschläge gesperrt und Hunderttausende von Followern bekommen die heile Saskia-Pferdewelt vorgespielt.

Na großartig!

Kapitel 8

Frau Casparon reichte Mila mit einem warmen Lächeln die Hand. »Wie schön, dass wir uns nun auch mal kennenlernen. Und, wie gefällt es dir bisher bei uns auf dem Gestüt? Warst du schon drüben auf dem Gelände der DreamLand-FilmStudios? Das ist ja immer ganz besonders spannend für euch junge Mädchen, nicht wahr?«

So viele Fragen auf einmal. Mila wusste nicht, welche sie zuerst beantworten sollte, und beschloss, einfach nur zu nicken und dabei mindestens genauso freundlich zu lächeln wie Frau Casparon.

Die zierliche Frau trug ihr braunes Haar zu einem klassischen Pferdeschwanz zusammengebunden. Perlenohrringe, Perlenkette, hellblaue Bluse und gerade geschnittene Jeans. Der dunkelhaarige Herr Casparon war ebenso schlicht elegant gekleidet und überragte seine Frau in Breite und Höhe um einiges. Mila fand, dass sie gut auf irgendein englisches Adelsanwesen passen würden. Zumal gleich vier Beagles ungeduldig um sie herumwuselten.

»Herr von Bettner hat gemeint, du wärst ein zupackendes junges Mädchen«, wandte sich nun Herr Casparon mit dunkler, kräftiger Stimme an Mila. »Das hören wir natürlich immer gerne.« Er bedachte Mila mit einem wohlwollenden Blick, bevor er sich zu einem der Beagles hinunterbeugte und ihm den Kopf tätschelte. »Ihr möchtet los, ich weiß«, sagte er zu seiner kleinen Meute und richtete sich wieder auf. Dann umfasste er den Ellbogen seiner Frau und meinte: »Ich möchte dich nicht drängen, Constanze, aber du siehst ja, die Jungs werden langsam ungeduldig.«

Frau Casparon verzog für den Hauch eines Augenblicks genervt das Gesicht, aber dann lächelte sie sofort wieder. »Natürlich, Christian, von mir aus können wir fahren!«

Das Ehepaar Casparon nickte Mila fast synchron zu und wünschte ihr noch einen schönen Tag auf dem Gestüt, bevor es seine Hundeschar in den Kofferraum eines schwarzen Geländewagens springen ließ. Herr Casparon öffnete seiner Ehefrau galant die Beifahrertür und nahm dann selbst auf dem Fahrersitz Platz.

Kurz darauf verschwand der Geländewagen aus Milas Sichtfeld.

»Das waren also die Casparons«, murmelte sie. »Irgendwie hatte ich gedacht, die gebe es gar nicht in echt.«

Tatsächlich war es so, dass Mila sie in den fünf Tagen als Praktikantin auf ihrem Gestüt bisher kein einziges Mal zu Gesicht bekommen hatte.

Aber okay, so wie es aussah, waren sie viel beschäftigte Leute, und eigentlich hatte sie mit den Casparons auch nicht wirklich etwas zu tun. Milas Ansprechpartner war Ansgar von Bettner – leider.

Die letzten beiden Tage waren ebenso ätzend gewesen wie der erste Tag unter seiner Regie. Mila durfte nichts als misten, putzen, fegen und dem *tollen* Gestütsleiter ständig irgendetwas hinterhertragen.

Langsam fragte Mila sich wirklich, warum dieser Praktikumsplatz laut Ansgar von Bettner so begehrt war. Das, was sie hier lernte und mitbekam, hatte sie vorher schon mehr als perfekt gekonnt. Im Grunde genommen war sie nichts weiter als eine Stallgehilfin, der man nicht einmal etwas zahlen musste. Mit Praktikum, fand Mila, hatte das nicht das Geringste zu tun.

Vielleicht hätte sie eben die Chance ergreifen und sich bei den Casparons beschweren sollen? Oder wenigstens verneinen, als Frau Casparon sie gefragt hatte, ob es ihr hier gefallen würde. Aber so wäre das auch nicht richtig gewesen, denn gefallen tat es Mila eigentlich ausgezeichnet – nur eben nicht unter Ansgar von Bettners herrischer Fuchtel.

»Bringt ja eh nichts. Hier traut sich scheinbar sowieso keiner, was gegen den zu sagen«, brummte sie.

»Führst du Selbstgespräche oder ist dein Gesprächspartner einfach nur unsichtbar?«

Erschrocken zuckte Mila zusammen und fuhr zu Leo herum, der sie breit angrinste.

»Mann ey, erschreck mich doch nicht so«, blaffte sie ihn unfreundlich an.

»Aber hallo, was ist dir denn für 'ne Laus über die Leber gelaufen?«

»Ansgar von Bettner«, gab Mila offen zu. Sollte Leo sie doch bei dem Gestütsleiter verpetzen. Dann hatte er wenigstens wieder einen Grund, sie anzumotzen.

»Und?«, hakte Leo nach.

Mila atmete tief durch. »Ich muss dir etwas sagen … gestehen. Und wenn du damit direkt zu Ansgar rennst, okay, dann ist es eben so. Wobei ich auch etwas unternehmen werde, wenn ich nicht mehr als Praktikantin aufs Gestüt kommen darf. Das habe ich mir fest vorgenommen.« Dass Mila das gerade in diesem Moment beschlossen hatte, ließ sie lieber unerwähnt.

Leo starrte sie verständnislos an. »Äh … wovon redest du? Ich kann dir gerade echt nicht folgen. Sorry.«

Mila sah sich nach allen Seiten um. Ansgar von Bettner gab gerade oben auf dem großen Viereck einer jungen Frau eine Reitstunde. Karl und Jurek waren zum Futtermittelhändler gefahren, um einige Säcke Spezialfutter zu besorgen. Kata und Nelly hatten sich noch nicht auf dem Gestüt blicken lassen. Klar doch, es waren Sommerferien, da konnte man endlich auch mal ausschlafen. Die anderen Leute auf dem Hof interessierten Mila nicht. Die Gelegenheit war also günstig.

»Ich war wieder bei Rashun. Und er war unglaublich brav. Aber er hatte Angst. Leo, auch wenn du jetzt gleich sagst, dass mich das nichts angeht, irgendetwas stimmt hier doch nicht. Rashun ist nicht gemeingefährlich.« Mila hatte so schnell und ohne Punkt und Komma geredet, damit Leo sie bloß nicht unterbrechen konnte. Nun musste sie kurz nach Luft schnappen.

»Was schlägst du also vor?«, fragte Leo leise und Mila meinte, sich verhört zu haben.

»Wie … du … du bist überhaupt nicht sauer?«

Leo zuckte mit den Schultern. Irgendwie hilflos, fand Mila. Nur warum?

»Ich trainiere heimlich mit ihm«, gab er mit belegter Stimme zu. »Du darfst mich nicht verraten, Mila. Sonst hat das alles keinen Sinn gehabt …«

»Deshalb war er so artig, als ich in seine Box gegangen bin«, kombinierte Mila.

Leo holte tief Luft. »Verdammt, ja, aber aus einem anderen Grund. Rashun, er ist völlig okay, weder gestört noch irgendwie aggressiv, das wird nur behauptet.«

»Aber … aber warum?« Mila schüttelte fassungslos den Kopf. »Was geht hier vor sich? Und warum spielen die anderen da alle mit?«

Saskias Mini kam auf den Hof gefahren. Leo winkte fahrig ab. »Jetzt nicht, Mila. Ich muss auch rüber ins DreamLand. Mein Vater wartet auf mich. Wenn du wirklich an Rashun interessiert bist, dann komm heute Abend um halb zehn aufs Gestüt.« Damit wandte er sich um und lief davon, bevor Saskia und Kata aus dem Auto ausgestiegen waren. Verwundert blickten die Schwestern dem davoneilenden Leo hinterher. »Was ist denn mit dem los?«, sagte Saskia laut.

Kata zuckte mit den Schultern. »Keine Ahnung.« Sie schlug die Beifahrertür zu und kam zu Mila, die noch immer völlig perplex dastand.

»Habt ihr wieder gestritten, Mila?«, wollte Kata leicht vorwurfsvoll wissen.

»Nee … haben wir nicht!«

»Und warum hat Leo dann gerade so ein Gesicht gezogen und ist fast schon panisch vom Hof geflüchtet?«

Mila hob unschuldig die Hände. »Meinetwegen bestimmt nicht, Kata. Er hat gemeint, er müsste dringend rüber ins Filmstudio. Tja, und ich muss jetzt zurück in den Stall.«

»Okay«, sagte Kata gedehnt.

Mila hob die Hand und wollte gerade losgehen, da meinte Kata: »Ach, Mila, fast hätte ich vergessen es dir zu sagen. Meine Schwester hat heute ihren guten Tag und ich darf En Vogue reiten. Was hältst du davon, wenn wir nachher eine Runde auf dem Platz drehen?«

»Dein Ernst?«, fragte Mila baff.

Kata nickte. »Ja klar. Das habe ich dir doch neulich versprochen. Jetzt sag nicht, dass du dich nicht mehr daran erinnerst!«

»Doch. Natürlich erinnere ich mich. Dann darf ich also wirklich nachher deinen Fly reiten?« Mila konnte es kaum fassen. Gerade war sie noch wegen Ansgar von Bettner völlig gefrustet gewesen, dann kam erst Leo und nun verkündete Kata ihr, dass sie tatsächlich heute endlich mal wieder reiten durfte. Wow. Was für eine rasante Entwicklung.

Kapitel 9

Als Kata und Mila am späten Nachmittag den Trakt im Hauptstall betraten, in dem Kata ihren Fly und Saskia En Vogue und den Rappwallach Ramiro stehen hatten, war Nelly gerade dabei, ihre Stute Showgirl aufzutrensen.

»Hä, du hier und nicht zu Hause? Hast du nicht gesagt, du müsstest deiner Mutter beim Streichen eurer Wohnung helfen?«, wunderte sich Kata.

Nelly grinste verlegen. »Ich brauchte unbedingt frische Luft. Diese ganze Farbe und der stinkende Tapetenkleister, davon kriegt man einfach nur Kopfschmerzen und schlechte Laune.«

»Verstehe ich total«, meinte Kata und nickte. »Ich habe mal mein Zimmer gestrichen. Erst hat es Spaß gemacht, aber dann war es nur noch nervig.«

»Ich muss nachher auch noch weiter helfen. Aber jetzt reite ich erst einmal ein bisschen aus«, erklärte Nelly. »Danach bin ich bereit für die nächste Tapezierrunde.«

»Und was sagt deine Mutter dazu?«, wollte Mila überrascht erfahren. Ihre hätte sie nämlich unter Garantie nicht einfach so gehen lassen. Niemals.

Nelly schaute verlegen zu Boden und druckste kurz herum. »Ähm … na ja, sie ist zum Baumarkt gefahren und ich habe die Chance genutzt. Ich will auch nur 'ne Runde im Schritt und ohne Sattel ins Gelände.«

Kata kicherte. »Cool, Nelly.«

»Du bist ja 'ne Marke«, staunte Mila. Dann aber lachte sie.

Kata knuffte ihr leicht in die Seite. »So ist es, weil wir nämlich mitreiten.«

»Echt jetzt?«

»Und ob! Wir begleiten Nelly ins Gelände. Fly und Elli werden sich freuen, ein bisschen rauszukommen. Elli kennt das gar nicht mehr, weil meine Schwester sowieso nur in der Halle oder auf dem Platz reitet.«

»Aber ich bin doch Fly noch niemals geritten«, erinnerte Mila seine Besitzerin. »Und dann soll ich gleich ins Gelände mit ihm?« Mila war alles andere als eine ängstliche Reiterin. Doch ein paar Gewöhnungsrunden auf dem Platz hätte sie ganz gerne vorher auf Fly gedreht.

»Fly ist mega-artig im Gelände. Da musst du dir echt keine Sorgen machen, Mila«, versicherte Kata.

»Okay, wenn du das sagst …«, nickte Mila schließlich.

»Ja, sag ich. Wir müssen nur darauf achten, dass Saskia davon nichts mitbekommt. Die überlässt mir Elli nämlich nur, damit ich sie mal wieder ordentlich Dressur reite. Dazu hat mein Schwesterherzchen nämlich nur selten Bock.«

Keine Viertelstunde später ritten die drei Mädchen vom Hof. Hinter den Weiden begann sofort ein Weg, der in den Wald führte. So war das Risiko, dass Saskia etwas von dem kleinen Ausflug ihres wertvollen Dressurpferds mit Kata im Sattel mitbekam, nicht sehr hoch. Zumal sie, wie Kata wusste, gerade voll und ganz damit beschäftigt war, im Aufenthaltsraum ein paar neue Reitklamotten, die sie von einem Sponsor erhalten hatte, anzuziehen und sich darin von ihrer Freundin Nele fotografieren zu lassen. Das konnte dauern. Stunden. Mindestens.

Es war ziemlich schwül und wahrscheinlich würde es heute noch ordentlich gewittern. Schon nach wenigen Augenblicken fühlten sich die Reitshirts der Mädchen feucht an, während sich das Fell an den Hälsen der Pferde kräuselte.

Als sie den Wald erreichten, atmeten sie erleichtert auf, denn hier war es wenigstens etwas kühler. Dafür stürzten sich jetzt die Bremsen auf die Pferde, die sofort anfingen, nervös mit ihren Schweifen zu schlagen.

»Verflixte Bremsen«, regte Kata sich auf. »Wozu sind die eigentlich gut? Zum Blutaussaugen und die Pferde total irre machen, oder was?!«

»Ja, echt schlimm«, stimmte Nelly ihr zu.« Sie hatte wirklich große Mühe, ihre Stute am Losstürmen zu hindern. »Wollen wir lieber wieder aus dem Wald rausreiten?«

Mila, die sich zwar supergut auf Fly fühlte, weil er sich einfach nur traumhaft reiten ließ, nickte. Auch Kata hielt das für einen guten Plan.

»Dann lasst uns aber traben«, bat Nelly. »Im Schritt explodiert mir meine alte Lady gleich. Echt verrückt, je oller, desto doller.«

»Okay«, riefen Mila und Kata.

Die drei Mädchen trabten ihre Pferde an und tatsächlich wurden die Bremsen etwas weniger. Dennoch begann nun auch Elli so heftig mit dem Kopf zu schlagen, dass sie Kata immer wieder die Zügel aus den Händen zog.

Gut möglich, dass die Pferde die Anspannung ihrer Reiterinnen spürten und dadurch zunehmend unruhiger wurden. Vielleicht war es auch umgekehrt. Jedenfalls hatten Kata und Nelly einige Schwierigkeiten mit ihren Stuten. Nur Fly trabte so leicht und locker dahin, dass Mila sich ein glückliches Grinsen nicht verkneifen konnte. Was für ein tolles Pferd, schoss es ihr durch den Kopf.

Hinter der nächsten Kurve erwartete die drei ein schmaler Weg, der direkt aus dem Forst hinausführte.

»Der verläuft zwar in die andere Richtung und wir müssen ein gutes Stück außenrum reiten, aber Hauptsache, weg hier!«, rief Kata, die an der Tete ritt.

»Am besten so schnell wie möglich«, keuchte Nelly auf ihrer Stute.

»Mila, wie geht es dir mit Fly?« Kata wandte sich im Sattel halb zu Mila um, die ganz hinten ritt. »Kommst du mit ihm klar?«

»Ja, überhaupt kein Problem. Er lässt sich nicht von euren Stuten anstecken«, gab Mila zurück.

»Zum Glück. Ist es okay für euch, wenn wir galoppieren?«, fragte Kata. »Elli muss unbedingt ein bisschen Dampf ablassen.«

»Ja!«, antworteten Nelly und Mila gleichzeitig.

Die Mädchen gaben ihren Pferden die Zügel etwas hin und schon galoppierte sie an. Ihre Hufe flogen über den weichen Sandboden, Elli vollführte ein paar Freudenbuckler, die Kata jedoch gut sitzen konnte. Showgirl machte es ihr nach, doch auch Nelly blieb fest im Sattel.

Mila hingegen konnte den Galopp ohne Buckler genießen, sodass sie sich fast nur tragen lassen musste.

Was für ein himmlisches Gefühl, dachte sie und hätte vor Freude die ganze Welt umarmen können.

Da passierte es. Irgendein Vogel flog krächzend aus dem Dickicht. Elli, vorne an der Tete, galoppierte ungerührt weiter. Dafür machte Nellys Showgirl einen großen Satz zur Seite. Doch Nelly gelang es auch diesmal, im Sattel zu bleiben. Zum Glück hatten Kata und Mila sie noch überreden können, Showgirl zu satteln, bevor sie vom Gestüt geritten waren. Ansonsten wäre sie jetzt bestimmt recht unsanft auf dem Waldboden gelandet.

Mila war noch ganz mit dem Schreck über Nellys Beinahe-Sturz beschäftigt, da begann Fly wie aus heiterem Himmel zu bocken. Erst ging er nur mit dem Hinterteil ein paarmal leicht hoch, was Mila noch locker aussitzen konnte. Doch dann schmiss er sich ruckartig zur Seite und vollführte dabei die wildesten Buckler, sodass Mila ein gutes Stück aus dem Sattel gehoben wurde. Bevor sie es überhaupt kapierte, lag sie schon auf dem Boden.

»Oh nein, Mila!«, rief Nelly erschrocken, nachdem es ihr gelungen war, Showgirl durchzuparieren. »Hast du dir wehgetan?«

Nein, das hatte Mila nicht. Der Boden war zum Glück recht sandig, sodass sie relativ sanft gelandet war. Dafür ärgerte Mila sich furchtbar. Bislang war sie nur ein einziges Mal vom Pferd gefallen. Während des

Unterrichts bei Susanne Kanne, und das auch nur, weil sie den Sattelgurt nicht richtig angezogen hatte. Jetzt hatte sie den totalen Bock geschossen, indem sie im Gelände vom Pferd geplumpst und zu blöd gewesen war, die Zügel festzuhalten.

»Schnell, Nelly, du musst hinter Fly her«, rief Mila ganz aufgeregt, während sie mit zittrigen Beinen aufstand.

»Mensch, Mila, ich hab deinen Schrei gehört und bin sofort umgekehrt«, sagte Kata besorgt und stieg von ihrer Stute ab. Tröstend legte sie den Arm um Milas bebende Schultern.

»Ihr müsst Fly einfangen«, wisperte Mila. »Es … tut mir so leid, Kata …«

Doch weder Nelly noch Kata machten Anstalten, dem davonstürmenden Wallach zu folgen.

»Wenn wir jetzt hinterhergaloppieren, dann geht Fly erst recht ab. Er bleibt bestimmt gleich von selbst stehen, wenn er kapiert, dass wir ihm nicht folgen, und kommt zu uns zurück«, sagte Kata.

Aber genau das tat Fly nicht. Irgendwann war er komplett aus dem Sichtfeld der Mädchen verschwunden und ihnen blieb nichts anderes übrig, als zurück zum Gestüt zu gehen, in der Hoffnung, dass Fly genau dorthin galoppieren würde.

»Ich bin so doof«, sagte Mila kläglich. »Warum habe ich bloß die Zügel nicht festgehalten?«

»Um dich dann auf dem Bauch hinterherschleifen zu lassen«, meinte Kata. »Nein, Mila, das Wichtigste ist, dass du dich nicht ernsthaft verletzt hast. Wir sind gleich wieder auf dem Gestüt und garantiert steht Fly schon vor seiner Box und schämt sich, der freche Kerl.«

Mila hätte Kata so gerne geglaubt. Sie machte sich schreckliche Vorwürfe. Wenn Fly etwas passiert war …

Doch zum Glück behielt Kata recht. Fly war tatsächlich zum Gestüt zurückgelaufen. Er stand zwar nicht vor seiner Box und nach Schämen sah er auch nicht aus, doch auch er schien unverletzt zu sein und Mila fielen gleich mehrere Steine vom Herzen. Allerdings hielt die Erleichterung nicht lange an, als sie entdeckte, wer da neben Fly stand.

»Was ist passiert?«, wollte Ansgar von Bettner im harschen Tonfall von den Mädchen erfahren.

Kata winkte beschwichtigend ab. »Fly war ein bisschen wild. Aber es ist ja zum Glück alles gut gegangen.«

Die Augenbrauen des Gestütsleiters wanderten misstrauisch in die Höhe. »Was heißt wild? Bist du etwa von ihm runtergefallen? Wo wart ihr denn überhaupt? Im Gelände?«

Kata nickte erst, dann schüttelte sie den Kopf. »Gelände ja, runtergefallen nein. Also, zumindest nicht ich!«

»Wer dann?« Ansgar von Bettners Adlerblick wanderte zu Mila. »Du?«, knurrte er fassungslos.

Leugnen war eh zwecklos, also nickte Mila.

»Das glaube ich ja wohl nicht!«, regte Ansgar von Bettner sich nun lautstark auf. »Wie kommst du dazu, dich einfach auf ein Pferd zu setzen und ins Gelände zu reiten?«

Mila wollte sich verteidigen, doch Kata kam ihr zuvor. »Erstens hat Mila sich nicht *einfach* auf Fly gesetzt, sondern ich habe es ihr erlaubt, und zweitens war es meine Idee, ins Gelände zu gehen.«

»Ich bin mir sicher, Katharina«, erwiderte Ansgar von Bettner mit eisiger Stimme, »deine Eltern werden alles andere als erfreut sein, wenn sie davon erfahren.« Ein letzter vorwurfsvoller Blick, dann rauschte er kopfschüttelnd davon.

»Auweia, Kata, Nelly, das ist alles nur meine Schuld.« Mila war ganz geknickt.

Doch Kata schüttelte den Kopf. »Jetzt mach dir mal keinen Kopf, Mila. Der kriegt sich schon wieder ein und außerdem, ich weiß gar nicht, warum der sich so aufregt. Runterfallen kann jeder mal. Als ob du das mit Absicht gemacht hättest. Was für 'n Blödsinn.«

Fly stupste Mila auffordernd an und begann, ihr Shirt zu beknabbern.

»Jetzt guck sich mal einer diesen verrückten Spinner an«, lachte Kata. »Der hat voll das schlechte Gewissen.«

Mila seufzte tief. Dann hob sie ihre Hand und streichelte Fly sanft über die Nase. Ganz weich fühlte sie sich an. Weich und sehr warm.

»Hauptsache, dir ist nichts passiert«, flüsterte sie erleichtert.

Kapitel 10

»Da bist du ja endlich«, sagte Leo leicht vorwurfsvoll zu Mila, als sie ein paar Minuten nach halb zehn am Gatter des Gestüts auftauchte. »Ich dachte schon, du hast es dir anders überlegt.«

»Die Bahn kam einfach nicht …«, gab Mila zurück. Dass nicht die Bahn, sondern ihre Mutter der Grund für die Verspätung war, behielt sie lieber für sich. Weil ihre Mutter sie niemals um halb zehn Uhr abends allein losziehen lassen würde, hatte Mila sich irgendeine plausible Erklärung einfallen lassen müssen. Sie war letztendlich auf die Idee gekommen zu behaupten, dass sie heute bei Nelly übernachten würde. Nelly wohnte in unmittelbarer Nähe des Gestütes und Milas eigentliches Ziel konnte geheim bleiben, wenn ihr Vater sie mit dem Auto zu ihr fuhr.

So weit hatte ihr Plan tatsächlich gut funktioniert. Und wenn sie dann später doch wieder daheim aufkreuzen würde, wollte sie behaupten, dass sie sich vertan hatte. Die Übernachtung bei Nelly sei von Samstag auf Sonntag geplant.

Wilde Story, das war Mila selbst mehr als bewusst. Doch was Besseres war ihr einfach nicht eingefallen.

»Ist ja auch egal«, winkte Leo ab. »Aber jetzt müssen wir uns wirklich beeilen. Um zehn schließt Karl die Stallungen ab. Bis dahin müssen wir drüben sein.«

»Wo drüben?«, fragte Mila. »Und wenn abgeschlossen wird, wie …«

»Erkläre ich dir alles später«, fiel Leo ihr ins Wort und zog sie mit sich durchs Gatter auf den Hof. In leicht geduckter Haltung liefen sie rüber zum Hauptstall, betraten ihn aber nicht durch den Haupteingang, sondern gingen einmal außenrum. An der Rückseite befand sich eine schmale Tür, die Mila bisher noch nicht aufgefallen war. Leo kramte ein Schlüsselbund aus seiner Hosentasche hervor, suchte den richtigen Schlüssel und steckte ihn ins Schloss.

Dunkelheit und kühle Pferdestallluft schlug ihnen entgegen, als Leo die Tür einen Spalt weit aufschob und sie hintereinander durchschlüpften.

»Und wenn jemand kommt?« Mila war alles andere

als wohl zumute. Zumal vorne im Hauptstall noch die Lichter angeschaltet und auch einige Stimmen zu hören waren.

Leo legte den Zeigefinger auf die Lippen und machte »Pssst …«, bevor er die Tür wieder vorsichtig hinter ihnen zuzog und auf leisen Sohlen zu Rashuns verbretterter Box huschte. Plötzlich hielt er ein Halfter samt Strick in den Händen. Wo es hergekommen war, das hatte Mila nicht mitbekommen, weil sie sich einige Male umgesehen hatte.

Mit einem leisen Knarren schob er den Riegel zur Seite und zog die Boxentür auf. Er legte dem Schimmel das Halfter an und führte ihn aus der Box.

Was hatte Leo mit Rashun jetzt vor?

Auch wenn sich zu dieser späten Stunde nur noch wenige Leute auf dem Gestüt befanden, so konnte Leo dennoch nicht einfach mit Rashun rüber zur Reithalle oder auf den beleuchteten Reitplatz gehen. Irgendjemand würde es mitkriegen, irgendeiner würde es Ansgar von Bettner sagen, das konnte einfach nicht gut gehen, davon war Mila überzeugt.

Leo führte Rashun an Mila vorbei, der für einen Moment fast das Herz stehen blieb. »Leo, wo willst du denn mit ihm hin?«, wisperte sie. »Es sind doch noch Leute auf dem Hof.«

»Pssst«, gab Leo erneut zurück und schob die schmale Hintertür vorsichtig auf. Er beugte sich leicht vor, schien nach links und rechts zu schauen und ging dann mit Rashun ins Freie.

»Okay«, murmelte Mila an ihre eigene Adresse gerichtet, »das war es dann wohl endgültig mit dem Praktikumsplatz.«

»Mach die Tür wieder zu und schließ sie ab«, trug Leo Mila leise auf.

Mila nickte.

Als sie ihm den Schlüssel reichte, lächelte er sie kurz an. »Danke. Es klingt verrückt, aber irgendwie habe ich das Gefühl, dass du der Schlüssel zu allem bist.«

Sie war also der Schlüssel zu allem – wow. »Und nun?«, krächzte sie.

»Wir gehen jetzt hinten vom Hof runter. Dann ein kleines Stückchen Richtung Forst und von dort aus gelangen wir auf das Gelände der DreamLand-Film-Studios«, erklärte Leo, während er Rashun sanft den Hals klopfte.

Der Hengst war ganz ruhig und entspannt. Nichts an ihm erinnerte an ein total *gestörtes* Pferd.

»Und wir können einfach so auf das Filmstudiogelände gehen?«, flüsterte Mila, während sie an Leos Seite herlief.

»Wenn man einen Schlüssel hat und auch dort nicht unbedingt den Haupteingang benutzt, dann ist das kein Problem«, gab Leo lässig zurück. Doch seine sichtbar mahlenden Wangenknochen verrieten Mila, dass er genauso angespannt war wie sie.

»Ich habe gerade wirklich keinen Plan, in was ich da hineingeraten bin, Leo. Aber ich finde es gut, dass Rashun endlich aus dem Verschlag rauskommt …«

»Mila, du musst dir nicht so viele Sorgen machen. Ich hole ihn täglich aus der Box. Oder glaubst du wirklich, ich würde zulassen, dass er darin verrottet?«

Mila zuckte unentschlossen die Achseln. »Als du mich an seiner Box erwischt hast, da hast du behauptet, er wäre gestört, und mich ziemlich uncharmant weggejagt. Ich frage mich natürlich, warum, wenn du doch wusstest, dass es gar nicht so ist.«

Sie hatten inzwischen das Gestüt verlassen und waren auf dem Weg angekommen, der direkt in den Wald führte.

»Ich habe gedacht, du wärst eine Interessentin, die Rashun kaufen will, und da hab ich gleich mal ordentlich über den *gefährlichen* Rashun abgelästert«, gab Leo grinsend zu.

»Ich? Äh … sehe ich etwa so aus, als könnte ich mir ein Pferd kaufen?« Mila war wirklich baff.

Leo schüttelte den Kopf. »Das hat mich dann allerdings auch etwas stutzig gemacht. Aber Ansgar hatte angekündigt, dass jemand käme, und da habe ich sicherheitshalber sofort losgepoltert.«

»Okay, das verstehe ich natürlich«, sagte Mila. »Aber was steckt denn nun eigentlich wirklich hinter der Sache mit Rashun?«

Doch Leo wich ihr erneut aus. »Später. Ich möchte dir erst einmal etwas zeigen«, sagte er und bahnte sich einen Weg durch das halbhohe Gestrüpp. Der Hengst blieb dicht bei Leo, was auf Mila einen sehr vertrauensvollen Eindruck machte.

Sie gelangten an eine Art Bauzaun und Leos Schlüsselbund kam wieder zum Einsatz.

»Nur zu meiner Info, also falls wir erwischt werden sollten. Ist das hier gerade strengstens verboten?«, fragte Mila.

Leo blickte ihr herausfordernd in die Augen. »Und wenn es so wäre, würdest du dann jetzt nicht weitergehen wollen?«

Mila hielt seinem Blick stand. »Doch.«

»Okay«, sagte Leo und lächelte. »Dann habe ich mich also nicht in dir getäuscht.«

Bevor Mila weitere Fragen stellen konnte, hatten sie das Gelände der DreamLand-FilmStudios betreten und Leo zog das Gatter wieder hinter ihnen zu.

»Dort hinten befindet sich eine kleine Halle. Sie steht schon eine Weile leer. Ich habe meinen Vater vor Kurzem überreden können, daraus eine Art Longierhalle zu machen, damit wir mit den Filmpferden auch mal hier ganz ungestört trainieren können.«

»Und nun nutzt du sie heimlich, um mit Rashun zu arbeiten«, kombinierte Mila.

Leo nickte.

»Und bisher hat noch niemand davon etwas mitbekommen?«

»Nein, nicht einmal mein Vater. Allerdings ist der zurzeit auch ständig unterwegs. Dazu dieser nervige Stress mit Ansgar, na ja, er sieht momentan einfach den Wald vor lauter Bäumen nicht.«

»Stress mit Ansgar?« Das wurde ja immer interessanter. Auch wenn Mila Leos Vater bisher noch nicht zu Gesicht bekommen hatte, war er ihr auf Anhieb sympathisch. Jemand, der sich mit Ansgar von Bettner nicht verstand, konnte einfach nur in Ordnung sein.

Sie gingen weiter zu der kleinen Halle und Leos Wunder-Schlüsselbund kam ein drittes Mal zum Vorschein.

»Wow, das hätte ich echt nicht erwartet«, staunte Mila, während sie hinter Leo und Rashun die Longierhalle betrat. »Von außen sieht das Gebäude ziemlich heruntergekommen aus.«

»Die Halle ist tatsachlich uralt. War wohl früher eine größere Werkhalle. DreamLand ist erst seit knapp zehn Jahren hier ansässig. Zuvor gehörte das Gelände irgendeinem großen Bauunternehmen. Auf jeden Fall wurden sämtliche alten Gebäude abgerissen. Nur diese Halle ist stehen geblieben. Kein Plan, warum.«

Mila grinste. »Na ja, vielleicht deinetwegen.«

»Du meinst, alles ergibt irgendwie einen Sinn?«

Mila nickte. »Ich glaube zumindest daran.«

»Komisch, so habe ich dich tatsächlich auch eingeschätzt.«

»Du scheinst dir ja viele Gedanken über mich gemacht zu haben.«

»Genauso wie du über Rashun.«

»Dann sind wir sozusagen quitt?«

Leo nickte. »Sehe ich genauso.«

»Bekomme ich dann endlich auch Antworten auf meine tausend Fragen?«

»Warte …«, bat Leo erneut und führte Rashun in die Mitte der Halle, die von einer Holzbande umgeben war. Sie war lange nicht so perfekt und exklusiv wie die drüben auf dem Gestüt, aber sie hatte eine unbeschreibliche Atmosphäre.

Als Leo Rashun schließlich vom Strick ließ und der Araberhengst ohne erkennbares Kommando raus auf den Zirkel schritt, um nach einem kaum hörbaren Zungenschnalzen von Leo anzutraben, blieb Mila für einen Moment die Luft weg. Es kam ihr so vor, als sei sie bei einer magischen Vorführung. Rashun trabte so leicht und schwungvoll dahin, den Kopf in perfekter Anlehnung, als würde er von unsichtbaren Zügeln gelenkt. Mila konnte nur staunen, wie er schließlich angaloppierte, wieder zum Trab durchparierte, erneut in den Galopp verfiel, trabte, durch den Zirkel wechselte, stehen blieb, antrabte, galoppierte … und das alles nur auf leisen Zuruf.

Noch niemals in ihrem Leben hatte Mila so etwas Wunderbares, Außergewöhnliches und dabei ganz Leichtes, ja fast schon Spielerisches gesehen.

Magie, schoss es ihr unentwegt durch den Kopf. Das ist einfach nur magisch.

Kapitel 11

Mila hätte nicht sagen können, wie lange sie an der Bande gestanden und mit angehaltenem Atem Leo und seinem Hengst zugeschaut hatte. Aber wahrscheinlich waren nicht viel mehr als zehn Minuten vergangen, als Leo sich mit einer Mischung aus Stolz und Erwartung zu Mila umwandte.

»Wow, Leo, das ist … mir fehlen die Worte. Das ist ein Wunder«, schwärmte Mila tief beeindruckt. »Wie hast du das bloß hinbekommen?«

»Rashun ist das Wunder. Er ist es, der es einem leicht macht. Die Arbeit mit ihm ist wie ein Geschenk. Ich lerne von ihm … jeden Tag aufs Neue.«

»Wahnsinn«, hauchte Mila. »Als ob du ihn mit unsichtbaren Fäden lenken würdest.«

»Warte, das ist längst noch nicht alles«, erklärte Leo

mit einem Strahlen im Gesicht, das Mila heller als das Licht der großen Deckenleuchten vorkam.

»Rashun, mein Junge, komm zu mir!«, rief Leo dem Araber leise zu.

Das Pferd trabte sofort in die Mitte des Zirkels zu Leo. Es senkte leicht den Kopf und ließ sich von Leo den Hals klopfen. »Feiner Junge, so fein«, raunte Leo mit warmer Stimme.

Ohne Strick, ohne Longierpeitsche, nur mit seiner ruhigen Stimme und leisem Fingerschnipsen brachte Leo Rashun dazu, zunächst einen Diener vor ihm zu machen und sich dann ganz hinzulegen. Rashun sank auf die linke Seite und Leo setzte sich vorsichtig auf seine Schulter, während er ihm den Hals abwechselnd kraulte und sacht klopfte.

»Oh mein Gott, Leo, das … das ist so unglaublich, so wahnsinnig schön.« Mila war völlig aus dem Häuschen. Dabei war es nicht allein die Tatsache, dass Rashun all die Lektionen, die Leo ihm beigebracht hatte, sofort ausführte, die tiefe Verbundenheit, die zwischen dem Jungen und dem Pferd bestand, war deutlich spürbar.

Leo stand von Rashuns Schulter auf, schnipste leise mit den Fingern und Rashun kam wieder in die Höhe. Er lief ein paar Runden auf dem Zirkel, blieb dann erneut stehen, ohne dass es für Mila erkennbar gewesen war, dass Leo ihm dafür den Befehl gegeben hatte, und stieg kerzengerade in die Höhe. Anschließend trabte er zu Leo in die Mitte zurück und holte sich einige Leckerlis ab, die sich in Leos Hosentasche befanden.

»Ich kann mich nur wiederholen, mir fehlen die Worte, Leo. So etwas habe ich noch nie gesehen«, schwärmte Mila.

»Freiheitsdressur«, murmelte Leo verlegen.

Mila ging langsam zu Leo und Rashun in die Mitte des Zirkels. Vorsichtig klopfte sie Rashun den Hals, der sie zwar mit leichtem Misstrauen beäugte, aber ganz brav dastand.

»Du bist mit Abstand das beeindruckendste Pferd, das ich je erlebt habe«, sagte Mila leise zu Rashun. »Aber weißt du, Leo will mir noch immer nicht sagen, warum du von allen so schlecht behandelt wirst. Vielleicht bist du ja sogar so talentiert, dass du es mir selbst verraten kannst?«

Leo lachte leise auf. »Nein, da muss ich dich enttäuschen. Sprechen kann er nicht. Zumindest nicht die Menschensprache …«

»Okay, dann musst du wohl jetzt endlich mit der Sprache herausrücken, Leo!« Mila schaute Leo eindringlich an.

»Weißt du, das Ganze ist eigentlich total lächerlich, aber es geht um den Job als Chefpferdetrainer. Den sollte nämlich mein Vater übernehmen. Die Casparons, ganz besonders Frau Casparon, sind mit vielem, was Ansgar so macht, nicht mehr ganz einverstanden und haben deshalb ernsthaft mit dem Gedanken gespielt, ihn zwar weiterhin als Gestütsleiter zu behalten, aber eben die Zusammenarbeit mit DreamLand und das Training der Pferde komplett in die Hände meines Vaters zu legen.«

»Und das schmeckt Ansgar natürlich ganz und gar nicht«, ahnte Mila.

Leo nickte. »Er ist total ausgeflippt und hat meinem Vater sogar gedroht. Tja, und als das alles nichts gebracht hat, da hat er eben Rashun zu seinem Spielball gemacht.«

»Aber wie?« Sorgenvoll betrachtete Mila den Araberhengst, der sich nun völlig entspannt zeigte und ihre kraulende Hand an seinem Hals sichtlich genoss. »Er ist total lieb … und trotzdem hat er Kata angegriffen? Oder stimmt das etwa auch nicht? Hat Nelly mir Unsinn erzählt?«

»Doch. Das stimmt! Nelly hat dir die Wahrheit gesagt. Aber den Grund, warum Rashun so aggressiv reagiert hat, den kennt Nelly natürlich nicht.«

»Aber du«, nahm Mila an.

Leo verzog das Gesicht, als hätte er fiese Zahnschmerzen. »Ich bin davon überzeugt, dass Ansgar ihm etwas verabreicht hat, eine Art Aufputschmittel. Er wollte den Casparons beweisen, dass das Pferd, das laut meinem Vater ein hochtalentiertes Nachwuchsfilmpferd werden kann, in Wirklichkeit völlig unberechenbar ist.«

»Verstehe«, murmelte Mila. »Die Casparons sollten kapieren, dass man deinem Vater als Cheftrainer nicht vertrauen darf.«

»So sieht es aus«, brummte Leo. »Und dabei ist ihm der Zufall dann noch zu Hilfe gekommen, weil Kata und Nelly gerade am Reitplatz waren, als Rashun explodiert ist. Er hat sich losgerissen und Kata im vollen Galopp über den Haufen gerannt. Ansgar hat behauptet, dass er Kata aus purer Boshaftigkeit angegriffen hätte. Dass er gemeingefährlich sei. Rashun war aber nicht bösartig, sondern total panisch. Er hat Kata nicht bewusst überrannt …«

»Was? Und den Unsinn haben die Casparons ihm geglaubt?« Mila konnte nur den Kopf schütteln.

»Leider ja. Die Casparons waren entsetzt, Katas Eltern haben ein Riesentheater veranstaltet und Ansgar hat zutiefst betroffen erklärt, dass er sich ab sofort höchstpersönlich um das Pferd kümmern würde, wozu mein Vater ja offensichtlich nicht in der Lage sei.«

»Wie ätzend«, schimpfte Mila. »Aber warum hast du dann den Casparons nicht erzählt, dass Ansgar von Bettner Rashun etwas gegeben hat?«

Leo lachte bitter auf. »Was meinst du, was ich versucht habe? Aber mir hat natürlich keiner geglaubt.

Nicht einmal mein Vater. Schließlich konnte ich nicht beweisen, dass es tatschlich so gewesen ist.«

Einen Moment lang schwiegen die beiden, bis Mila sich schließlich leise räusperte und fragte: »Und wie soll es jetzt weitergehen? Hast du einen Plan?«

Leo zuckte mit den Schultern. »Ich trainiere heimlich mit ihm weiter und hoffe darauf, dass ich demnächst eine neue Chance bekomme, den Casparons zu beweisen, was für ein tolles Pferd Rashun ist.«

»Okay, und im besten Fall auch klarzumachen, dass Ansgar hinter allem steckt.«

Leo nickte. »Falls er nicht vorher dafür sorgt, dass Rashun verkauft wird …«

»Wenn ich den Praktikumsplatz behalte, dann übernehme ich den Job als Kaufinteressentenvertreiberin«, versprach Mila Leo.

»Immerhin etwas«, gab Leo leise zurück. Doch so richtig zuversichtlich klang er nicht.

»Was kann ich sonst noch tun?«

Leo zuckte die Schultern. »Na ja, du kannst herausfinden, dass Ansgar von Bettner ein elender Betrüger und Aufschneider ist«, sagte er.

»Ist er das denn?«, hoffte Mila.

»Schön wär's, aber es gibt einfach nichts, was man ihm nachweisen kann.«

Mila atmete tief durch. »Ich werde mich trotzdem mal ein bisschen umhören. Susanne Kanne, bei der ich früher geritten bin und mit der ich mich wirklich immer gut verstanden habe, hat mir ja diesen Praktikumsplatz hier besorgt. Wenn irgendetwas mit Ansgar von Bettner nicht stimmt, dann weiß sie es vielleicht«, war sich Mila sicher.

Leo sah das ganz anders: »Mila, wenn sie eine Ahnung hätte, meinst du dann, sie hätte dir den Platz bei ihm besorgt?«

Geknickt schüttelte Mila den Kopf. »Ich schätze, nein …«

»Das schätze ich auch«, murmelte Leo und befestigte den Strick wieder an Rashuns Halfter. Anschließend strich er ihm sanft mit der flachen Hand über die arabertypische hohe und breite Stirn. »Uns wird schon noch etwas einfallen, mein Junge«, versprach er dem bildschönen Hengst. »Wir finden einen Weg und dann wird alles gut.«

»Du magst ihn sehr, nicht wahr?«, wisperte Mila zutiefst bewegt von der spürbaren Innigkeit zwischen den beiden.

Leo nickte leicht. »Es hört sich vielleicht verrückt an, aber er ist mein Seelenverwandter. Wir verstehen uns blind. Vom ersten Moment an war das so. Ich wollte nie ein eigenes Pferd haben. Mir hat die Arbeit mit den Filmpferden immer völlig gereicht. Wenn ich ehrlich bin, sind die Stunts eigentlich das, was mir Spaß macht, und nicht das Reiten oder generell der

Umgang mit Pferden. Doch dann war da auf einmal dieser junge Araberhengst und mir kam es so vor, als ob er nur auf mich gewartet hätte und ich andersherum auf ihn …« Leo machte eine wegwerfende Handbewegung und lachte. »Hilfe, wie schrecklich kitschig klingt das denn. Boah, ich schäme mich ja vor mir selbst.«

»Ich fand's wunderschön, Leo!« – und ganz genau so meinte Mila es auch.

***

Milas Eltern fielen regelrecht aus allen Wolken, als sie kurz nach elf plötzlich im Wohnzimmer stand.

»Was … wo … kommst du her?«, rief ihre Mutter und sprang vom Sofa auf.

Milas Vater stellte den Fernsehapparat auf lautlos, bevor er sich ebenfalls aus seinem Sessel erhob. »Ist etwas passiert?«

Mila winkte bemüht locker ab. »Keine Panik, alles ist okay. Ich Dussel habe mich nur im Tag geirrt. Die Übernachtung ist von Samstag auf Sonntag geplant. Tja, ich sollte wirklich mal besser zuhören.« Mila lachte und wollte sich dann umwenden, um in ihr Zimmer zu verschwinden.

Doch damit waren ihre Eltern natürlich nicht einverstanden.

»Und dann hat dich diese Nelly einfach wieder weggeschickt? Mitten in der Nacht?« Milas Mutter war fassungslos. »Das ist ja nicht gerade nett.« Sie marschierte Richtung Telefon.

»Was hast du vor, Mama?«, fragte Mila leicht panisch.

»Ich rufe bei Nellys Familie an. Ich finde schon, dass ich das mit denen besprechen sollte. Sagst du mir mal bitte die Nummer?«

»Nein! Mama, lass das! Natürlich hat mich niemand einfach wieder weggeschickt. Nelly war überhaupt nicht da … also, niemand war zu Hause und dann ist es mir wieder eingefallen. Ich bin dann noch kurz aufs Gestüt, weil da noch einige Leute waren, und hab denen in der Halle beim Reiten zugeguckt und bin dann später mit der Bahn zurück nach Hause gefahren.« So eine dreiste Lüge hatte Mila ihren Eltern noch niemals aufgetischt. Eigentlich war das auch absolut nicht ihre Art. Nur … sie musste und wollte Leo und Rashun helfen. Und das konnte sie getrost vergessen, wenn ihre Eltern erfuhren, dass das Ganze geplant war.

»Mir kommt das alles sehr komisch vor, Mila«, erklärte ihre Mutter und musterte sie misstrauisch.

»Na ja, die Hauptsache ist, dass du wieder heil daheim angekommen bist«, fand Milas Vater. »Aber zukünftig rufst du an, Mila. Wir möchten nicht, dass du zu so später Stunde allein mit der Bahn fährst. Ich hätte dich wieder abholen können.«

»Ja, Papa, ich weiß«, murmelte Mila leise. »Aber … ich wollte dich nicht …«

Sie brachte den Satz nicht zu Ende. Diese Lügerei, nein, noch ein Wort und die Wahrheit würde wie ein Wasserfall aus ihr heraussprudeln.

»Schon gut, Mila«, lenkte ihr Vater ein – und damit war Mila dann endlich entlassen.

In ihrem Zimmer ließ sie sich rücklings aufs Bett fallen und starrte eine Weile gegen die weiß getünchte Decke. In was für einen Schlamassel war sie da bloß nur wieder hineingeraten? Verflixt, hätte sie bloß niemals Rashun entdeckt … BLÖDSINN! Es war gut, dass sie jetzt endlich Bescheid wusste.

Entschlossen richtete Mila sich wieder auf und kramte ihr Handy aus ihrer hinteren Hosentasche hervor.

Zum Anrufen war es jetzt zu spät. Aber eine Nachricht konnte sie Susanne Kanne auf jeden Fall noch schreiben, fand Mila.

Es dauerte keine zwei Minuten, nachdem sie die Nachricht versendet hatte, da antwortete Susanne Kanne bereits.

Liebe Mila! Ruf mich bitte morgen früh an. Am besten zwischen zehn und elf, wenn die Pferde versorgt sind. GLG, deine Susanne!

Kapitel 12

Es war früher Nachmittag, als Mila die breite Sandsteintreppe hinaufging und kurz darauf ihren Zeigefinger auf den oberen Klingelknopf neben den beiden Namensschildern legte.

Kurz darauf stand tatsächlich Nelly vor ihr und schaute sie verwundert an. »Ups, Mila, was machst du denn hier? Waren wir etwa verabredet?«

Mila schüttelte den Kopf. »Nein, und ich wollte dich jetzt auch gar nicht so überfallen, aber ich muss einfach mit jemandem reden … am liebsten mit dir.«

»Oh, du machst es aber spannend. Was ist denn passiert?«, gab Nelly zurück. Dann wurde ihr aber bewusst, dass Mila noch immer vor der Haustür stand. »Sorry, komm doch rein.«

Mila nickte und folgte ihr die leicht geschwungene

Holztreppe hinauf in die erste Etage. Die alten Stufen knarrten bei jedem Schritt unter ihren Füßen. Es roch nach Bohnerwachs und Wandfarbe. Die obere Wohnungstür stand sperrangelweit offen. Auf dem grünen Hufeisenfußabtreter hockte eine dicke graue Katze und blickte ihnen gelangweilt entgegen.

»Husch-husch, rein mit dir, Cleo«, rief Nelly und fuchtelte dabei direkt vor der Katze mit den Händen herum. Miauend kam diese der Aufforderung nach.

Tatsächlich war die Wohnung, die Nelly zusammen mit ihrer Mutter bewohnte, nicht viel größer und vor allem nicht luxuriöser als die, in die Mila mit ihren Eltern gezogen war. Allerdings herrschte auf dem rechteckigen Flur das reinste Chaos.

»Schau dich hier bloß nicht um«, winkte Nelly ab. »Wir sind gerade am Renovieren.« Sie lachte. »Wobei, etwas chaotisch sieht es eigentlich immer bei uns aus. Meine Mutter sagt, wir sind halt ein typischer Drei-Mädels-Haushalt.«

»Drei?«, wunderte Mila sich. Bisher war sie davon ausgegangen, dass Mila allein mit ihrer Mutter wohnte.

»Unsere Katze Cleo mit eingerechnet.«

»Ach so.«

Nelly zog Mila mit sich in die Küche, in der es nicht weniger chaotisch aussah. Sie fegte einige kleine Pinsel vom Küchenstuhl und forderte Mila auf, dort Platz zu nehmen. Sie selbst rutschte zu zwei kleineren Farbeimern und einigen anderen Renovierungsutensilien auf die mit grauem Samtstoff bezogene Küchen-eckbank.

»Magst du einen Früchtetee? Oder ein Wasser?«

Mila verneinte.

»Okay, dann schieß mal los«, forderte Nelly sie auf.

Mila beschloss, nicht lange um den heißen Brei herumzureden, und kam direkt zur Sache. Wenn sie nämlich noch länger darüber nachdachte, dann fehlte ihr bestimmt gleich der Mut. »Kann ich heute bei dir übernachten?«

»Ähm ... ja, klar doch. Von mir aus.« Nelly war sichtbar verdutzt über die plötzliche Bitte. »Meine Mutter ist zwar gerade zum Einkaufen gefahren, aber fragen muss ich sie in der Regel eigentlich eh nicht. Also, von mir aus gerne.«

»Danke«, seufzte Mila erleichtert.

»Also, na ja, ich möchte jetzt nicht unhöflich sein, aber gibt es einen bestimmten Grund dafür oder einfach nur so, weil du gerne mal bei mir übernachten möchtest?«, bohrte Nelly vorsichtig weiter.

Mila holte tief Luft. »Ich habe dich gestern als mein Alibi benutzt und würde es heute Abend gerne noch mal tun. Nur darf ich auf gar keinen Fall dann doch wieder zu Hause auftauchen, denn dann glauben meine Eltern mir unter Garantie nicht mehr. Außerdem möchte ich sie nicht noch einmal anlügen und ...«

»Stopp!«, rief Nelly und hob beide Hände. »Ich verstehe echt nur Bahnhof. Alibi? Wofür brauchtest du ein Alibi? So was brauchen doch sonst nur Leute, die ein Verbrechen begangen haben ...«

»Oder einem Betrüger auf die Schliche gekommen sind«, erklärte Mila und dann erzählte sie Nelly von Rashun und Leo und zum Schluss von dem Telefonat, das sie heute Morgen mit Susanne Kanne geführt hatte.

»Susanne hat erst gesagt, dass es völliger Unsinn sei, dass Ansgar von Bettner Dreck am Stecken habe. Sie hat dann mindestens noch dreimal betont, dass sie mir doch sonst niemals zu dem Praktikumsplatz verholfen hätte.«

Nelly zog das linke Bein auf die Sitzfläche und umfasste es mit beiden Armen. Mit dem Kinn auf dem Knie murmelte sie nachdenklich: »Ich kann Ansgar auch nicht besonders gut leiden. Aber dass er Rashun mit Absicht etwas verabreicht hat, nur um seinen Job zu behalten. Poh, das klingt echt ziemlich ... na ja, absurd. Ich meine, wenn die Casparons das rausbekommen, dann ist er nicht nur seinen Posten als Cheftrainer, sondern auch als Gestütsleiter los. Das riskiert der doch nicht. So bescheuert ist der auf gar keinen Fall.«

»Susanne hat dann gut eine halbe Stunde später noch mal angerufen«, gab Mila mit bedeutsamer Stimme zurück.

»Okay …« Nelly richtete sich wieder auf, ließ ihren Fuß aber auf der Sitzfläche. »So, wie du das betonst, ist dabei nichts Gutes herausgekommen, stimmt's?«

Mila seufzte tief. »Leider nur Gerüchte.«

»Und was für welche?«

»Susanne hat ein wenig herumtelefoniert, zumal ihr dann beim genaueren Darübernachdenken auch einige Situationen eingefallen sind, die irgendwie komisch waren. Auf jeden Fall hat sie ein paar Leute angerufen, die Ansgar ihrer Meinung nach etwas besser und vor allem länger kennen. Und dabei ist dann herausgekommen, dass er sich wegen seiner unsauberen Methoden im Umgang mit den Pferden ziemlich unbeliebt gemacht hat. So soll er zum Beispiel bis vor drei Jahren den Zuchtstall eines ehemaligen Weltklassereiters geleitet und dort immer wieder irgendwelche Mittelchen eingesetzt haben, die später unters Dopinggesetz gefallen sind.«

»Was? Das gibt es ja gar nicht. So ein Arsch!«, regte sich Nelly auf.

Mila nickte. »Ja, Susanne war völlig außer sich, als sie mir im zweiten Telefonat davon erzählt hat. Auf jeden Fall ist er dort rausgeflogen, wie wohl auf mindestens zwei weiteren Gestüten zuvor.«

»Ja und? Hat er keine Strafe dafür bekommen?«, wunderte sich Nelly. »Ich meine, wie kann er dann kurz darauf den Job bei den Casparons antreten? Ich verstehe das nicht.« Nelly schüttete den Kopf. »Die sind doch immer so superkorrekt.«

Mila strich sich eine lange Locke aus der Stirn, die sich mal wieder aus ihrem Zopf gelöst hatte, und klemmte sie sich hinters Ohr. »Das ist es ja eben, alles beruht auf Vermutungen. So richtig nachweisen konnte man ihm bisher nichts. Die Pferde sind super gelaufen, waren mega-erfolgreich, allerdings ist unter seiner Leitung tatsächlich auch ein Pferd gestorben, bei dem zuvor, bei einer zufälligen Dopingprobe, die Verabreichung von unerlaubten Substanzen festgestellt worden war.«

Nelly sprang vom Tisch auf. »Verdammt!«, fluchte sie. »Dann hat Leo doch recht gehabt.« Sie fuhr sich mit beiden Händen durch ihre dunklen Haare und begann hektisch im Raum auf und ab zu laufen. »Kata und ich haben natürlich von Leos Verdacht gewusst, aber ihm einfach nicht geglaubt. Wir meinten, weil er so an Rashun hängt, würde er sich das Ganze nur einbilden.« Nelly blieb stehen, schüttelte den Kopf und sah dann Mila an. »Da musstest erst du kommen, damit endlich mal einer Leos Verdacht ernst nimmt.«

»Na ja, Leo hat selbst gesagt, dass es ziemlich gefährlich aussah, als Rashun Kata umgerannt hat«, räumte

Mila ein. Es brachte ja jetzt nichts, dass sich Nelly Vorwürfe machte. Und außerdem, wirklich etwas beweisen konnte Mila auch nicht.

»Ich muss Kata anrufen«, rief Nelly. »Oder darf ich sie nicht einweihen?«

»Doch, natürlich. Schließlich brauche ich euch beide …«

Nelly, die gerade ihr Handy vom Küchentisch nehmen wollte, um Kata anzurufen, verharrte in der Bewegung. »Wofür? Hast du etwa einen Plan?«, fragte sie mit gedämpfter Stimme, als befürchtete sie, dass sie jemand belauschen könnte.

Mila nickte. »Ja, den habe ich.«

»Und der lautet?«

»Ruf erst einmal Kata an und sag ihr, dass wir uns in einer halben Stunde drüben auf dem Gestüt treffen«, bat Mila Nelly.

»Okay.« Nelly nickte, wählte Katas Nummer, hatte sie kurz darauf am Apparat und brachte sie in knappen Sätzen auf den neusten Stand. Danach wandte sie sich wieder an Mila.

»Sie ist zwar komplett vom Glauben abgefallen, aber sie kommt!«

»Gut!« Mila nickte erleichtert, bevor sie Nelly schilderte, was sie sich ausgedacht hatte, um Ansgar von Bettner ein für alle Mal auffliegen zu lassen.

Kapitel 13

Ansgar von Bettner stand vor dem Hauptstall und blickte den drei Mädchen mit zusammengezogenen Augenbrauen entgegen.

»Jetzt sag nicht, dass du dich wieder auf Fly setzen willst!«, blaffte er Mila barsch an.

»Was spricht dagegen?«, wollte Kata mit süßlicher Stimme vom Gestütsleiter erfahren. »Es ist Samstag, Mila hat frei, mir gehört das Pferd, wir können also tun und lassen, was wir wollen.«

»Mit Wissen deiner Eltern, Kata?« Ansgar von Bettner blieb unfreundlich.

Doch davon ließ sich Kata nicht beeindrucken.

»Ruf sie doch an«, schlug sie ihm lässig mit den Schultern zuckend vor.

Ansgar von Bettner machte eine wegwerfende Handbewegung, dann stampfte er ohne ein weiteres Wort Richtung Reithalle davon.

Die drei Mädchen guckten ihm vielsagend hinterher.

»Warum hast du nichts gesagt?«, wollte Nelly mit leichtem Vorwurf von Mila wissen.

Mila schnaufte. »Ich … ich war so überrascht … und überhaupt, hattet ihr nicht gemeint, Samstag ist er nie auf dem Gestüt?«, gab Mila die Frage an die beiden anderen zurück.

»Ja, normalerweise ist er samstags nie hier«, erwiderte Kata. »Und *normalerweise* spielt er sich auch nicht so auf, wenn ich jemanden auf Fly reiten lasse. Es geht ihn schlichtweg auch nichts an. Er ist hier ja nicht unser Kindermädchen oder so was.«

»Er ist misstrauisch«, meinte Nelly nachdenklich. Sie legte Mila die Hand auf den Unterarm. »Mila, irgendwie scheinst du ihn zu irritieren.«

Mila schob kämpferisch das Kinn vor. »Na ja, das sind doch dann wohl die besten Voraussetzungen für ein paar sehr direkte Fragen.«

»Du willst also tatsächlich zu ihm gehen und ihm die Sache mit dem Doping, dem toten Pferd und vor allem die Tierquälerei von Rashun direkt auf den Kopf zusagen?« Kata hatte erst kurz zuvor von Milas Plan erfahren und war nicht wirklich begeistert davon. »Und glaubst du, er gesteht dann einfach so alles? *Ich* glaube das nämlich absolut nicht. Und ich finde auch, wir sollten Leo Bescheid sagen.«

»Kata«, brummte Nelly. »Das haben wir längst versucht. Aber er geht nicht an sein Handy.«

»Okay«, sagte Kata. »Dann weiß ich auch nicht.« Im Gegensatz zu Nelly zweifelte sie noch immer ein wenig an den Gerüchten und auch an Leos Verdacht, dass Ansgar von Bettner Rashun mit unerlaubten Mitteln behandelte.

»Ich aber!«, erklärte Nelly entschlossen und hakte Mila unter. »Dann los, worauf warten wir noch? Wenn er nun schon unverhofft vor uns steht, dann sollten wir die Chance auch nutzen. Und Kata, denk bloß daran, dass du das Gespräch mit deinem Handy heimlich aufnimmst. Sollte er sich tatsächlich von Milas direkten Fragen aus der Reserve locken lassen, dann brauchen wir einen hieb- und stichfesten Beweis dafür. Sonst windet der sich am Ende wie ein Aal und wir stehen ohne unseren Trumpf da.«

»Ja, das werde ich wohl hinkriegen«, gab Kata etwas gereizt zurück. »Auch wenn ich …«

»Habt ihr es schon gehört?«, wurde Kata mitten im Satz von ihrer Schwester Saskia unterbrochen, die mal wieder wie aus dem Nichts aufgetaucht war.

»Äh … was?« Nelly war die Erste, die reagierte, während Kata sich über ihre Schwester ärgerte. Mila hingegen wurde schlagartig von einem unguten Gefühl überfallen. Sie hätte nicht sagen können, warum, aber etwas in Saskias bildschönem Gesicht verriet ihr, dass es nicht um irgendeinen blöden und völlig belanglosen Post oder ein Video für ihre Follower ging.

»Ist etwas mit Rashun?«, kam es wie ferngesteuert über Milas Lippen.

Saskia nickte. »Ich dachte, deshalb seid ihr hier. Er wird später abgeholt. Die Casparons haben ihn eben an einen Pferdehändler verkauft. Oder anders, Ansgar hat ihn verkauft. Ich habe es zufällig mitbekommen. Klar, der Hengst hat Kata angefallen und ist anscheinend echt irre, aber leid tut er mir trotzdem …«

»Oh nein, davon wussten wir nichts!«, rief Mila aufgeregt.

»Darum ist Ansgar heute hier«, kapierte Nelly und schüttelte fassungslos den Kopf. »Der zieht das echt durch.«

Saskia hatte aber noch mehr zu berichten. »Heute hat er sozusagen freie Bahn. Leo und sein Vater sind den ganzen Tag mit dem Filmteam unterwegs. Irgendwo in der Pampa zu einem Außendreh. Die kommen erst spät am Abend zurück und dann bestimmt auch nicht mehr aufs Gestüt.«

»Wo Leo allem Anschein nach kein Netz hat«, kombinierte Nelly, die ja mitbekommen hatte, dass Mila ihn mehrere Male angerufen hatte, aber nur seine Handymailbox angesprungen war.

»Wann kommt der Händler, Saskia, weißt du das auch?«, fragte Mila hektisch.

»Ich meine, gegen Abend. Der will sich wohl in der Nähe noch ein anderes Pferd angucken und muss dann erst seinen Pferdeanhänger holen. Aber ganz genau kann ich das nicht sagen, ich habe es wirklich nur mit halbem Ohr mitbekommen, als sie sich eben voneinander verabschiedet haben«, erklärte Saskia. »Vielleicht ist es ja tatsächlich gut für Rashun. Ich meine, ständig in dieser zugebretterten Box stehen, das ist wahrhaftig kein schönes Pferdeleben. Und wenn er nun mal so wild und unberechenbar ist, kommt er ja womöglich zu jemandem, der ihn auf eine große Weide stellen kann.« Saskia zuckte die Achseln. »Was weiß ich ...«

»Rashun ist nicht böse!«, konnte Mila nun nicht mehr länger an sich halten. »Ansgar von Bettner hat ihn gedopt. Er hat ihn mit irgendwelchen Mitteln völlig verrückt und wild gemacht, und das nur, weil er den Casparons beweisen wollte, dass er der bessere Pferdetrainer ist ... weil ... weil er seinen Job nicht verlieren wollte. So wie die Male zuvor, als er wegen seiner unerlaubten Methoden entlassen wurde und sogar den Tod eines Pferdes zu verantw...«

»Was redest du da für einen unverschämten Unsinn?!«, erklang hinter Mila die beißende Stimme des Gestütsleiters. »Das ist ja wohl unerhört. Verlass auf der Stelle das Gestüt und wage es ja nicht, dich hier noch mal blicken zu lassen!« Ansgar von Bettner kam auf Mila zugestampft. Seine Augen funkelten vor Zorn. In der linken Hand hatte er einen Pferdepass, die rechte hielt er erhoben, so als wollte er Mila schlagen oder sie am Kragen packen und im hohen Bogen vom Hof werfen.

Doch Nelly und Kata stellten sich in letzter Sekunde wie ein Schutzschild vor Mila.

»Was soll das?«, wurden sie ebenso ungehalten von Ansgar von Bettner angeblafft. »Ihr glaubt doch wohl nicht diesen Unsinn?!«

Nelly verschränkte die Arme vor der Brust. »Doch, das tun wir!«, gab sie mit fester Stimme zurück.

»Spinnt ihr denn alle miteinander?« Ansgar von Bettner lief vor Wut und Fassungslosigkeit dunkelrot an. »Da kommt so ein dahergelaufenes Mädchen und behauptet irgendwelchen Blödsinn, unverschämte Verleumdungen, und ihr stellt euch auf ihre Seite. Schämt ihr euch denn gar nicht?«

»Es ist auf jeden Fall ziemlich verdächtig, dass du Rashun unbedingt loswerden willst …«, fand Kata. »Ich meine, warum beharrst du so darauf, ihn vor den Casparons immer wieder als *Verbrecherpferd* hinzustellen und dabei ständig zu wiederholen, dass Leos Vater keine Ahnung von Pferden hätte? Da steckt doch mehr dahinter. Dir geht es doch nicht um das

Pferd!«, hielt Kata ihm nun das vor, was eigentlich Mila geplant hatte zu sagen.

Nur führte das alles andere als zum erhofften reumütigen Geständnis des Gestütsleiters.

Ansgar von Bettner straffte die Schultern, fuhr sich mit der rechten Hand über das glatt rasierte Kinn und erklärte mit einem süffisanten Lächeln: »Aber, liebe Katharina, muss ich dich wirklich daran erinnern, dass das Pferd *deinetwegen* in der Sicherheitsbox steht? Und dass es deine Eltern waren, die diese Art von Sicherheitsmaßnahmen gefordert haben, und zwar von den Casparons höchstpersönlich?«

Katas Schultern sackten leicht nach vorne. »Das habe ich so ganz bestimmt nicht verlangt«, sagte sie leise.

»Was ist denn hier los?« Herr Casparon kam, umringt von seiner Beagle-Meute, über den Hof marschiert. »Gibt es Probleme?«

Ansgar von Bettners eben noch so hartes Gesicht verwandelte sich in ein heuchlerisch lächelndes. »Christian, nein, alles in Ordnung. Nur leider musste ich gerade meiner Ferienpraktikantin kündigen.«

»Soso.« Herr Casparon zog die Augenbrauen hoch. Es sah so aus, als ob er sich an Mila wenden wollte, um sie dazu zu befragen. Doch dann schüttelte er leicht den Kopf und erklärte an Ansgar von Bettner gewandt: »Deine Entscheidung. Da halte ich mich natürlich raus.«

Er wollte sich abwenden, doch Kata hielt ihn zurück. »Herr Casparon, wir vermuten, dass Ansgar den jungen Araberhengst gedopt hat, damit er sich so wild und unberechenbar aufführt!«

Herr Casparon schüttelte irritiert den Kopf. »Stimmt das, Ansgar?«

»Natürlich nicht!«, wies er Katas Anschuldigung von sich. »Ich schätze, Leo hat den Mädels diesen Floh ins Ohr gesetzt. Er will einfach nicht wahrhaben, dass dieser junge Hengst von Natur aus unberechenbar ist und damit eine Gefahr für die Einsteller hier auf dem Gestüt bedeutet.«

Herr Casparon wirkte unentschlossen, doch dann entschied er sich, seinem Gestütsleiter zu vertrauen. »Ich werde mit Leo und seinem Vater sprechen. Solche Gerüchte darf er natürlich nicht in die Welt setzen. So etwas wirkt sich schließlich auch negativ auf das Gestüt aus.« Er nickte Ansgar kurz zu, wandte sich ab und verschwand mit seiner Beagle-Meute Richtung Feld.

Die Mädchen waren völlig baff. Selbst die sonst so wortgewandte Saskia zuckte nur ratlos mit den Schultern.

Kurz darauf fand sich Mila vor dem schmiedeeisernen großen Gatter des Gestüts Casparon wieder. Ansgar von Bettner hatte sie unter dem Protest von Kata und Nelly mit triumphierender Miene höchstpersönlich dorthin begleitet und ihr obendrein striktes Hofverbot erteilt.

»Es ist einfach so, dass ich mich schon immer auf mein Gespür verlassen konnte«, hatte er Mila noch leise zugeraunt, sodass Kata und Nelly es nicht hören konnten. »Ich habe dich gesehen und wusste, dass du Ärger machen würdest. Aber weißt du, um einen Ansgar von Bettner in Schwierigkeiten zu bringen, bedarf es mehr als der Hirngespinste eines dahergelaufenen Mädchens.«

Kapitel 14

»Ich kann Leo einfach nicht erreichen«, sagte Mila niedergeschlagen. »In so einem tiefen Funkloch kann man doch überhaupt nicht stecken.«

»Anscheinend wohl doch«, vermutete Nelly.

»Oder sie haben die Handys ausgestellt, weil sie sich auf den Job konzentrieren«, überlegte Kata. »Leos Vater hat mal gesagt, dass so ein Stunt immer absolute Konzentration erfordert.«

»Schon möglich, aber irgendwann muss Leo doch sein Handy wieder anmachen und meine unzähligen Anrufe sehen«, hoffte Mila.

»Nur wer weiß, wann …« Nelly war nicht besonders optimistisch. »Womöglich ist es dann zu spät.«

Die drei Mädchen hockten nebeneinander auf einer halbhohen Mauer in unmittelbarer Nähe des Gestüts.

Von hier aus konnten sie genau beobachten, wer auf den Hof fuhr und wer ihn verließ, ohne dabei selbst gesehen zu werden.

Tausend Pläne hatten sie inzwischen geschmiedet und direkt wieder verworfen, weil sie allesamt unsinnig waren. Und die Zeit verging wie im Flug.

»Eins ist klar, wenn der Händler Rashun abgeholt hat, bevor Leo und sein Vater zurück sind, dann ist alles verloren«, prophezeite Mila mit düsterer Miene.

»Ist es das nicht sowieso schon?«, gab Kata zurück. »Ich meine, glaubst du wirklich, dass Leo Herrn Casparon noch mal umstimmen kann?«

Mila nickte vehement. »Ja, daran glaube ich sogar ganz fest. Wenn Leo die Chance bekommt, Herrn Casparon zu zeigen, was er inzwischen mit Rashun trainiert hat, wie toll und einmalig der Hengst ist, dann wird er begreifen, dass Ansgar von Bettner ihn nur manipuliert haben kann.«

»Deinen Optimismus hätte ich gerne«, sagte Kata.

»Das ist kein Optimismus, das ist eine Tatsache. Ich habe Rashun und Leo zusammen erlebt und das war einfach nur magisch. Ich hätte euch vorhin wirklich gerne demonstriert, wie perfekt Rashun ist, doch leider musste uns ja Ansgar von Bettner über den Weg laufen.«

Einen Moment schwiegen die drei Mädchen. Jede zutiefst mit den eigenen Gedanken beschäftigt.

»Und was sollen wir jetzt tun?«, flüsterte Nelly schließlich.

Mila ergriff ihre Hand und dann die von Kata. »Wir müssen es ohne Leo schaffen«, sagte sie mit fester Stimme. »Einen anderen Ausweg gibt es nicht.«

»Was schaffen?«, wollte Kata wissen.

Mila holte tief Luft. »Es ist riskant, ja, und bestimmt auch verrückt, aber wenn es euch gelingt, die Casparons irgendwie rüber in die kleine Longierhalle auf dem DreamLand-Gelände zu locken, dann werde eben ich ihnen beweisen, dass Rashun nicht gemeingefährlich ist.«

»Nicht dein Ernst«, wisperte Nelly.

Doch Mila nickte. »Mein voller!«

Schweigen.

Dann murmelte Kata: »Leo wird nie wieder ein Wort mit mir reden, wenn Rashun weg ist«, befürchtete sie. »Er macht mich sowieso schon für alles verantwortlich.«

Doch Mila verneinte entschieden. »Das stimmt nicht. Er hat mir selbst gesagt, dass du nichts dafür kannst. Ansgar von Bettner hat nicht nur Rashun manipuliert … auch die Casparons und deine Eltern.«

»Oh«, wisperte Kata. »Hat er das wirklich gesagt?« Ein kleines erleichtertes Lächeln huschte über ihr Gesicht. »Ich habe mich nicht getraut, ihn darauf anzusprechen.« Nelly sprang schwungvoll von der Mauer.

»Wenn das nun also geklärt ist, ich bin dabei. Was ist mit dir, Kata?«

Kata nickte. »Absolut!«

Nelly grinste zufrieden. »Wie gehen wir vor, Mila?«

»Also, passt auf, ich habe mir das so gedacht …«

***

Nelly stand am Eingang der Stallgasse und tat so, als würde sie auf jemanden warten. In Wirklichkeit hielt sie Wache, mit dem festen Entschluss, niemanden an sich vorbeizulassen.

Im Inneren des Stalles war Mila schon längst zu Rashun in die Box gehuscht und hatte ihm das Halfter angelegt. Der junge Hengst wartete ganz brav darauf, dass sie die Boxentür zur Seite schob und ihn hinaus auf den Gang führte. Die Freude darüber, aus seiner dunklen Box zu kommen, war ihm anzumerken und dennoch blieb er dicht an Milas Seite. Kein Gezerre am Strick, kein aufgeregtes Kopfschmeißen, kein ungeduldiges Hufescharren, kein Wiehern, nur ein ganz leises Schnaufen. Als ahnte er, dass niemand etwas von dem kleinen Ausflug mitbekommen durfte.

Mila schloss die Boxentür wieder hinter sich und führte Rashun zu dem schmalen Seitenausgang. Kata hatte die Tür bereits aufgeschlossen, bevor sie hoch zum Landhaus der Casparons gelaufen war. Ihr Job war es, die Casparons rüber in die Longierhalle zu locken – und zwar unbemerkt von Ansgar von Bettner, der noch immer auf dem Gestüt in seinem Büro hockte.

»Mir wird schon irgendetwas einfallen«, war sie sich ganz sicher.

Kaum hatte Mila mit Rashun am Halfter den Stall verlassen, verschickte sie eine kurze Handynachricht an Nelly, die daraufhin ihren Wachposten verließ, um Mila und Rashun zu folgen.

»Wow, ich bin jetzt schon begeistert, wie artig er neben dir hergeht«, sagte sie zu Mila, als sie sie eingeholt hatte.

Bald hatten sie den kleinen Trampelpfad erreicht, der mitten durch halbhohes Gestrüpp führte.

»Hier war ich noch nie«, staunte Nelly. »Ich wusste nicht einmal, dass hier ein Weg langführt.«

»Ich schätze, Leo hat ihn sich quasi mit Rashun in den letzten Wochen *erlaufen*«, gab Mila zurück. »Hat Kata schon geschrieben?«

Nelly warf einen Blick auf ihr Handy und schüttelte dann den Kopf. »Nein, leider noch nicht. Hoffentlich klappt das. Aber sie hat einen guten Draht zu den Casparons. Und eigentlich ist Herr Casparon auch wirklich nett. Dass er sich vorhin so hinter Ansgar gestellt hat, kapiere ich immer noch nicht.«

»Ansgar ist halt ein Meister im Manipulieren«, war sich Mila sicher.

»Ja, so ist er wohl tatsächlich«, nickte Nelly. »Aber wir werden ihn überführen«, fügte sie optimistisch hinzu.

Leider war es dann am Bauzaun mit dem Optimismus vorbei.

»Verdammt!«, stöhnte Mila. »Daran habe ich überhaupt nicht mehr gedacht. Das Gatter ist auch verschlossen.«

Nelly sah sich suchend um und lief ein paar Meter nach rechts. »Keine Panik, Mila, hier ist ein Element etwas lose. Ich kann es herausheben.«

»Super!«, atmete Mila erleichtert auf.

Als sie Rashun durch die abenteuerlich aussehende Öffnung führte, staunte Nelly ein weiteres Mal. »Meine Stute ist echt cool, und wenn sie nicht gerade von Bremsen angefallen wird, auch absolut gelassen, aber hier hätte ich sie nie durchgeführt bekommen. Rashun hingegen folgt dir so vertrauensvoll, ich bin echt baff … und schäme mich immer mehr, dass wir nicht einfach mal nach ihm gesehen haben …«

Mila hob die Hand, ließ sie wieder fallen, was so viel bedeuten sollte wie: Was soll's, es ist geschehen. Aber jetzt bist du ja da und handelst.

Unbemerkt gelangten sie in die Longierhalle, die glücklicherweise nicht abgeschlossen war, und Mila führte Rashun in die Mitte.

»Immer noch nichts von Kata?«, fragte sie.

Nelly schüttelte den Kopf. »Sie woll…« Nelly verstummte mitten im Wort, sah wieder auf ihr Handy und rief dann erleichtert: »Sie kommen! Wahnsinn, Kata hat es geschafft. In zehn Minuten sind sie hier, schreibt sie.«

»Puh … dann geht es jetzt tatsächlich los«, flüsterte Mila, während es überall auf ihrer Haut kribbelte.

Und wenn Rashun nicht mitspielte? Wenn er einfach nur dastand und sich nicht bewegte – oder, noch schlimmer, sich wild aufführte?

Plötzlich überkamen Mila Zweifel. War das Ganze nicht von vornherein zum Scheitern verurteilt?

Aber dann dachte sie an Leo und die einzigartige Verbindung zwischen ihm und Rashun.

»Okay, mein Junge«, flüsterte sie in Rashuns dichte Mähne. »Nicht für mich, nicht für Leo, nur für dich – zeig, was du kannst. Beweis allen, was für ein Traumpferd du bist …«

Rashun wieherte leise, ganz so, als hätte er jedes Wort verstanden und Mila ein Versprechen gegeben.

»Sie kommen!«, rief Nelly im nächsten Moment aufgeregt. »Ich kann sie schon sehen!«

Mila löste den Strick vom Halfter und schnipste mit den Fingern, so wie sie es bei Leo beobachtet hatte. Schon schritt der Hengst hinaus auf den Zirkel und begann schwungvoll zu traben.

»Was ist denn hier los?«, polterte Herr Casparon los. »Sag mal, Katharina, ich traue meinen Augen nicht. Ist das nicht der junge Araberhengst?«

»Kata, hast du uns deshalb hierhergelockt?«, rief Frau Casparon empört.

»Ja, entschuldigen Sie bitte, dass ich Sie angelogen habe, aber ich musste mir doch etwas einfallen lassen …« Sie deutete auf den Zirkel, in dessen Mitte Mila mit wild pochendem Herzen stand, während Rashun schwungvoll um sie herumtrabte. »Damit Sie das hier sehen.«

»Wie kommt das Pferd hierher? Und was macht dieses Mädchen hier?«, schimpfte Herr Casparon weiter. »Hat Ansgar sie nicht vorhin entlassen?«

»Ja, das hat er. Aber ganz zu Unrecht«, mischte sich jetzt auch Nelly ein. »Frau und Herr Casparon, bitte, schauen Sie doch wenigstens einen kleinen Moment zu. Dann werden Sie erkennen, dass das Pferd nicht bösartig ist.«

»Nein!«, bestimmte Herr Casparon. »Das werden wir sicher nicht. Und von euch beiden, Katharina und Nelly, bin ich enttäuscht. Seht zu, dass das Pferd zurückkommt, und dich, junge Dame, möchte ich nie wieder auf meinem Hof sehen!«

Milas Knie wurden weich. Das war's. Alles umsonst – oder sogar noch schlimmer, denn nun hatte sie auch noch Nelly und Kata mit hineingezogen.

Herr Casparon wandte sich brummend um und wollte die Longierhalle verlassen, doch seine Frau hielt ihn am Unterarm zurück.

»Christian, bitte bleib. Ich finde es auch nicht in Ordnung, dass wir belogen wurden. Aber es scheint mir so, als würden wir das schon eine ganze Weile lang.«

»Was meinst du damit?« Ihr Mann war baff.

»Die Frage müsste doch wohl lauten: Wen!«

»Und?«

»Ich habe dir schon die ganze Zeit gesagt, dass ich Ansgar nicht traue …«

Herr Casparon atmete tief durch. »Nun gut, was soll's. Jetzt sind wir hier und schauen kurz zu …«, gab er schließlich nach.

Kata und Nelly jubelten begeistert los. Und Mila war plötzlich so aufgeregt, dass sie nicht einmal mehr mit den Fingern schnipsen konnte. Aber das brauchte sie nicht. Rashun spürte wohl, was für ihn auf dem Spiel stand, und präsentierte sich von ganz allein von seiner allerbesten Seite.

»Wer hat ihm das denn alles beigebracht?«, staunte Herr Casparon, nachdem er mit zunehmender Begeisterung eine Weile zugesehen hatte.

Mila strahlte übers ganze Gesicht. »Leo. Er hat heimlich mit ihm trainiert. Rashun kann auch noch viel mehr, aber ich weiß nicht, was für Anweisungen ich ihm dafür geben muss. Das weiß nur Leo, die beiden sind unglaublich. Sie gehören zusammen …«

»Soso«, sagte Herr Casparon nachdenklich. »Ich muss schon zugeben, ich bin wirklich überrascht.«

»Das war einfach fantastisch, Christan«, fand seine Frau.

Herr Casparon zuckte die Schultern. »Aber es nützt nichts, ich habe ihn verkauft. Der Händler ist schon auf dem Weg.«

Frau Casparon kramte entschlossen ihr Handy aus der Tasche und reichte es ihrem Mann. »Ruf an und sag, du hast es dir anders überlegt. Erfinde von mir aus irgendwas. Das Pferd hat sich verletzt oder was auch immer«, verlangte sie.

»Meinst du wirklich?«, zögerte Herr Casparon.

Seine Frau nickte entschlossen. »Und anschließend soll uns unser Gestütsleiter bitte mal erklären, warum er uns das Pferd so madig gemacht hat.«

***

Drüben auf dem Gestüt wurden sie schon von der aufgeregten Saskia erwartet. »Herr Casparon, ich muss Ihnen was zeigen. Ganz dringend.« Sie deutete wild auf ihr Handy.

»Mensch, Saskia«, blaffte Kata sie an. »Hier geht es

gerade um etwas Wichtigeres als irgendein Video oder deine Follower.«

Saskia verzog das Gesicht – aber nicht beleidigt oder gekränkt, sie triumphierte. »Meine liebe kleine Schwester, sei froh, dass deine große Schwester so viele Follower hat. Ich habe nämlich das Theater, das sich hier vorhin abgespielt hat, in meiner Story erwähnt. Daraufhin hat mir ein Follower geschrieben, dass ihm neulich auf einem meiner Videos etwas echt Komisches aufgefallen war.«

»Was redest du denn da?« Kata starrte ihre Schwester verwundert an. Doch die hatte sich längst dem Ehepaar Casparon zugewandt und ihnen ihr Handy hingehalten. »Achten Sie bitte nur auf den Hintergrund und schauen Sie mal, was der gute Ansgar von Bettner in seinen Händen hält, wenn er aus Rashuns Box kommt«, forderte sie die beiden auf.

»Was hat Ansgar da?«, fragte Frau Casparon, nachdem das kurze Video zu Ende war.

»Das ist ein testosteronsteigerndes Mittel. Etwas, was man einem jungen Hengst bestimmt nicht verabreichen darf«, erklärte ihr Mann.

»So ist es, und deshalb ist es dem Follower auch aufgefallen. Denn eigentlich ist das Mittel verboten und dazu kommt, wenn man es in hoher Dosis verabreicht, flippt das Tier regelrecht aus. Es weiß einfach nicht mehr, wohin mit all seiner Energie und seinem Trieb.

Unter diesem Einfluss hat dann Rashun wohl Kata umgerannt.«

Kata starrte ihre Schwester verblüfft an. »Und das weißt du alles von diesem Follower?«

Saskia nickte triumphierend. »Ich sag es dir doch ständig, Schwesterchen, meine Follower sind eindeutig die besten.«

Epilog

Zu dritt ritten die Freundinnen über die Wiese. Showgirl schnaufte zufrieden, während Fly es Kata nicht gerade leicht machte. Immer wieder wollte er antraben und steckte allmählich Milas dunkelbraunes Pflegepferd Branco mit seiner Hitzigkeit an.

»Diese wilden Jungs mal wieder«, sagte Nelly zu ihrer Stute und tätschelte ihr liebevoll den Hals.

»Apropos Jungs, wann gehst du jetzt eigentlich mit Leo ins Kino?«, wollte Kata von Mila wissen. Nicht zickig oder eifersüchtig. Sie freute sich einfach für Leo, dass die Casparons Rashun behalten und seine Ausbildung komplett in seine Hände gelegt hatten, während Ansgar von Bettner fristlos gekündigt worden war. Leo war so happy, dass er Mila als Dank für ihren Einsatz ins Kino eingeladen hatte.

Mila lief rot an. »Weiß nicht. Wenn es mal irgendwann passt«, brummte sie ausweichend.

»Aber wenn ihr zusammen aus wart, dann erzählst du uns anschließend alles ganz genau, versprochen?«, verlangte Kata mit einem Grinsen.

»Ja … wobei, was soll es da schon zu erzählen geben?«

»Sagt mal, sind wir hier beim Kaffeekränzchen oder reiten wir aus?«, rief Nelly. »Lasst uns endlich traben!«

»Ohne mich!«, erklärte Mila. »Ich darf heute das erste Mal mit Branco ins Gelände und habe Herrn Casparon versprochen, dass ich nichts riskiere. Wenn ich jetzt aber Branco die Chance zum Laufen gebe, dann geht er mir durch. Das spüre ich.«

»Wir traben doch nur ein bisschen«, versprach Nelly. »Kein Galopp und erst recht nichts Wildes.«

Mila blieb skeptisch, doch sie gab nach. »Wenn du meinst …«

»Klar doch. Vertrau mir. Alles wird gut!«

Sie drückte ihrer Stute leicht die Waden in die Seiten und trabte an. Branco vollführte einen kleinen Freudenhüpfer, doch Mila schaffte es, ihn mit ihrer Stimme und unentwegtem Halskraulen zu beruhigen. – Bis Fly vorne an der Tete plötzlich losstürmte. Im nächsten Moment riss Branco Mila die Zügel aus den Händen.

Und wenn Frau oder Herr Casparon aus dem Fenster des Gutshauses geschaut hätten, dann hätten sie hundertprozentig ihre Köpfe über die drei Freundinnen geschüttelt, die lachend und überglücklich im gestreckten Galopp über die Wiese donnerten.